Johannes Baptista Diel

Friedrich von Spee

Eine biographische und literar-historische Skizze

Johannes Baptista Diel

Friedrich von Spee
Eine biographische und literar-historische Skizze

ISBN/EAN: 9783743645318

Hergestellt in Europa, USA, Kanada, Australien, Japan

Cover: Foto ©Raphael Reischuk / pixelio.de

Weitere Bücher finden Sie auf **www.hansebooks.com**

Friedrich von Spee.

Eine biographische und literarhistorische Skizze.

Von

J. B. M. Diel, S. J.

Freiburg im Breisgau.
Herder'sche Verlagshandlung.
1872.
Strassburg: Agentur von B. Herder, 15, Domplatz.

Mehrere Aufsätze, welche im verflossenen Jahre in den hiſtor.=polit. Blättern (Band 68) erſchienen ſind, liegen dieſer „biographiſchen Skizze“ zu Grunde. Einzelne Abſchnitte ſind aber völlig umgearbeitet, bei anderen wurde manches früher nicht benutzte Material verwerthet. Leider fließen die Quellen ſo ſpärlich, daß es vielleicht für immer unmöglich ſein wird, das ganze Leben Spee's bis in die Einzelheiten hin= ein vollſtändig aufzuhellen.

Friedrich von Spee war überhaupt ein bemüthiger Ordensmann, deſſen Wirken in den Augen der Welt nur geringen Glanz beſaß. Selbſt ſein ſchönſtes und ſegensreichſtes Thun, ſein Kampf gegen einen unſeligen Wahn, wurde erſt von der Nachwelt recht gewürdigt und gefeiert. So lange er auf Erden verweilte, waren die Armen, Nothleidenden und Ver= folgten ſeine beſten Bekannten; aber ſie legten das Zeugniß ſeiner Tugenden nicht in Archiven, ſondern am Throne Gottes nieder.

Möchte diese Skizze die Erinnerung an den liebeglühenden, seeleneifrigen und um unser deutsches Vaterland hochverdienten Ordensmann auf's Neue beleben und kräftigen! Männer, wie Spee, zeigen, daß die Gottesliebe allein Großes hervorzubringen vermag; ihr Leben ist die schönste Verherrlichung des Allerhöchsten.

Maria-Laach, 31. Mai 1872.

Friedrich von Spee.

I.

Kein Abschnitt in der Geschichte unseres deutschen Vaterlandes erfüllt die Seele mit so tiefer Trauer, wie die Zeit
des 16. und 17. Jahrhunderts. Die Reformation brach
aus, und in ihrem Gefolge zogen Haß und Zwietracht,
Parteiungen und blutige Bürgerkriege einher. Dennoch
hat die Glaubensspaltung allein das unsägliche Elend nicht
heraufbeschworen; schon gar zu lange gährte es in den Gemüthern; der Zündstoff, welcher sich längst unter den deutschen Stämmen, ja unter allen Nationen Europa's ange-
häuft, ward durch die Reformation nur offenbar und loderte
jetzt zur lichten Flamme auf. Die Ursache der Zerrüttung lag tiefer. Der Glaube
war kalt geworden, und diese Kälte hatte nicht bloß das
gewöhnliche Volk erfaßt, sondern war auch in das Heilig-
thum eingedrungen. Daher die allgemeine Sittenverwilde-
rung und die Ungebundenheit, selbst in den öffentlichen
Beziehungen des bürgerlichen Lebens. Die meisten betrübten
Erscheinungen jener Tage, wie das Faustrecht und die allgemeine Unsicherheit, die Untreue und vielfältige Bedrückung,
finden in dem erkalteten Glaubensbewußtsein ihre letzte Erklärung. Die Schranken, welche die Kirche solchen Aus-
schreitungen bereits in früheren Jahrhunderten gesetzt hatte,
wurden willkürlich überschritten, weil die Diener der Kirche
selbst sie mißachteten.

Nun trat auch der Humanismus auf und wirkte, trotz des seinen Anstriches, noch mehr ertödtend und erkältend. Die Gelehrtenwelt war von einem Fieberwahnsinn ergriffen; die Phantasie schweifte von der Gegenwart ab und versenkte sich mit ganzer Gewalt in die antike Welt zurück; die Sehnsucht nach „den heiteren Göttern Griechenlands" erfüllte schon damals tausend Herzen. Diese Bewegung machte sich auf allen Gebieten geltend und äußerte den verderblichsten Einfluß für die Religion und für die Sitten. „Die Gotteshäuser", sagt von Hübner in seinem vortrefflichen Werke über Sixtus V., „standen meist leer und die wenigen Gläubigen klagten über den Mangel an Anstand und die Nachlässigkeit der Geistlichen. Die religiösen Ueberzeugungen waren eben erkaltet durch die Berührung mit der heidnischen Welt. Anfangs in verschleierter Weise, dann beinahe öffentlich ward die Unsterblichkeit der Seele in Frage gestellt. Bald fanden die Epikuräer, so nannte man die ein künftiges Leben Leugnenden, es nicht mehr der Mühe werth, ihre Doctrinen zu verbergen. Macchiavell durfte den Ausspruch wagen, daß die christliche Religion mit der Freiheit der Staaten kaum verträglich sei. An die Stelle des Glaubens trat der Fatalismus und in seinem Gefolge die Alchimie, die Nekromantie, alle Uebungen und Wissenschaften des Aberglaubens . . . . . . So groß war die Zahl derer, welche nicht mehr die Sakramente empfingen, daß die an ein Krankenlager gerufenen Priester zunächst zu fragen pflegten, ob der Sterbende gläubig sei" [1].

So sah es in Italien aus und vielfach auch in Deutschland. Freilich war eine Reformation dieser Mißbräuche nothwendig, aber nur die katholische Kirche konnte sie in's

---

[1] Sixtus V. v. Alex. v. Hübner, I. Bd. S. 38 ff. Leipzig. 1871.

Leben rufen. Sie hatte schon oftmals über weit schlimmere Feinde den Sieg davon getragen, auch in diesem Falle war nur von ihr das Heil zu erwarten. Jene Reformation, wie sie endlich auftrat, linderte und heilte nicht, sondern fügte zu den alten Mißbräuchen neue hinzu; sie schlug die Nägel in den Leichensarg, in welchem die heiligsten Erinnerungen sammt der deutschen Einheit zu Grabe getragen wurden.

Von jetzt an war die Kluft für immer auseinandergerissen, welche Deutsche von Deutschen trennt, und was noch heute einer innigen, festen Hingabe der Gemüther im Wege steht, das stammt aus jener unglückseligen, jammervollen Zeit. Nur zu bald zeigten sich diese schlimmen Folgen. Die Schmalkalbener fingen die offene Rebellion an, Empörung und Bürgerkriege begannen ihren Reigen, bis endlich der dreißigjährige Krieg über Deutschland dahinfegte, das blühende Reich in einen Schutthaufen und „die stolze Nation in ein ärmliches Geschlecht von Bettlern und Räubern" verwandelte. Ohne Maß und ohne Grenzen war der Jammer; das gesammte Volk verwildert, zu Grunde gerichtet und in Verzweiflung gestürzt; Glauben und Vertrauen auf die göttliche Vorsehung waren erloschen, und an ihrer Statt herrschten Unglauben und Aberglauben. Zu Tausenden loderten gerade jetzt, um das Elend voll zu machen, die Scheiterhaufen auf; Männer, Weiber und Kinder fielen dem Zauberwahne zum Opfer, denn das Blutvergießen war ein Scherzspiel geworden[1]. Alles Unglück sollten die armen Hexenweiber angerichtet haben; „und doch hatten", wie Görres sagt, „die Menschen selbst durch ihre schlechten Leidenschaften ihren Abfall von Religion und

---

[1] Spee: Cautio criminalis, dub. XXIX.

Sitten den Zauberkeſſel mit Unheil und Abomination ge=
füllt, bis er überkochte und das Verderben die Zauberköche
ſelber ergriff" [1].

In dieſen Tagen gewaltiger Aufregung, tiefgehender
Gährung, innerer Zerrüttung und Zerklüftung lebte Fried=
rich, Edler von Spee zu Langenfeld, einer der
männlichſten und zugleich ſchönſten Charaktere jenes Jahr=
hunderts. Er war ein Deutſcher im ächten Sinne des
Wortes. Mitten in das Kampfgewühl der Parteien ſchallt
ſeine Stimme des Friedens und heiliger Bruderliebe; frei=
müthig vertheidigen ſeine Worte die armen Opfer eines
krankhaften Wahnes, und gegenüber der Verehrung heid=
niſch=claſſiſcher Zeiten und Sprache tönen ſeine lieblichen
deutſchen Lieder, die trotz der Nachtigall das Lob des Aller=
höchſten verkünden ſollen.

Friedrich von Spee wurde zu Kaiserswerth, einem
kurkölniſchen Städtchen unweit von Düſſeldorf, im Jahre
1591 geboren [2]. Sein Vater, Peter Spee, ſtammte aus
einem alten, jetzt gräflichen Geſchlechte [3], und war Burg=

---

[1] Görres: Myſtik, Bd. IV, Abth. 2. S. 637.

[2] Das Jahr 1595, welches man vielfach als Geburtsjahr angege=
ben findet, iſt irrig. In der Bibl. Soc. J. ed. Alegambe, Antver-
piae 1643, p. 551 heißt es: Fr. Spee, natione Germanus, patriâ
Caesar-Insulanus .... ad laborum mercedem evocatus est die
VIII. Aug. 1635 aetatis 44. — Deßgleichen iſt auf dem in der
Bibliothek des Jeſuiten=Gymnaſiums zu Köln befindlichen Bilde Spee's
ſein Alter auf 44 Jahre verzeichnet. — W. Frieſſen, Spee's per=
ſönlicher Freund und Herausgeber ſeiner Werke, beſtätigt in der Wid=
mung der Trutznachtigall (1649) dieſe Angabe.

[3] Die älteſte Form des Namens Spee iſt Spede; der Zuſatz
„von" tritt in früherer Zeit uns in Verbindung mit dem Namen des
Ortes auf, wo die einzelnen Zweige des Namens anſäſſig waren, z. B.
Godard Spee von Langenfeld. Zur Langenſelder Linie gehörte auch

vogt und Amtmann des Kurfürsten Gebhard, Truchſeß von
Walbburg. Peter war verehlicht mit Mechtels Dücker,
einer Tochter Abolf Dückers von Altenkrickenbeck und beſſen
zweiter Frau Anna von der Schmitten. Von den
Kindern ſind nur brei Söhne bekannt: Johann Abolf,
Arnold und unſer Friedrich, welcher der jüngſte ge=
weſen zu ſein ſcheint[1].

Die „Religionsgeſchichte der kölniſchen Kirche" hat uns
einen Zug überliefert, der die ächtkatholiſche Glaubensfeſtig=
keit und ben Biederſinn von Friedrichs Vater bekundet.
Sie berichtet: „Um eben dieſe Zeit," als nämlich der Kaiſer
alles aufbot, ben Truchſeß von dem unglückſeligen Religions=
wechſel zurückzuhalten, „beriefe Gebhard viele Ebelleute und
Doctoren, ben Schenk Eick und Merl zur Tafel[2]. Da
er nun vom Weine erhitzet war, finge er an die größte
und unerhörteſte Läſterungen wiber ben Papſt auszuſtoßen,
und nachdem ſein ehrenrührerisches Maul Alles, was ſein
verderbtes Gemüte und ungezähmte Tobſucht ihm eingabe,
ausgeſtoßen hatte: fragte er alle Ebelleute nach der Orb=
nung, ob basjenige, was er geſprochen zu loben ſei, und
ob ſie ſolches ebenfalls billigten? worauf dieſe mit Ja! ant=
worteten. Da nun die Reihe die Doctoren traf, ginge er
dieſelbe vorbei, weil er wohl wußte, daß dieſe alles miß=
billigten und verwarfen. Es ſtunde auch bei der Tafel der
Amtmann von Kaiserswerth, Peter von Spee; zu dieſem

─────────

Friedrich; ihr begegnen wir zuerſt um bas Jahr 1348 in dem Namen
Johann und Gobart Spee von Langenfelb (Lacomblet, Urkun=
benbuch III, Nro. 809); während ſich Spebe ſchon im Jahre 1166
finden. (Lacomblet, I, Nro. 414 und 463.)
[1] Vergl. die ſchöne Abhanblung über Friedrich von Spee von
Dr. Hölſcher im Programm der Realſchule von Düſſelborf. 1871. S. 2.
[2] Es war bieß im Jahre 1582 zu Bonn.

14

wandte er sich und sprach: „Was sagst Du, Herr Peter, dann dazu? Glaubst Du denn auch, was ich gesagt habe?" Da nun dieser große und redliche Mann bezeugte, daß er es nicht glaubte, sprach Gebhard zu ihm: „Schau, Du bist ein Narr!" Von Spee aber lächelte und schwieg[1]. Bald darauf fiel Gebhard wirklich von dem katholischen Glauben ab und blutige Kämpfe wütheten in Folge dieses Abfalles am Rheine. Spee mußte nun nicht bloß mit Worten, son= dern auch mit Thaten für seine religiöse Ueberzeugung ein= treten und nöthigenfalls Gut und Blut derselben opfern. Selbst als der eigentliche Krieg im Jahre 1584 beendet war, blutete das Erzstift noch lange an den Wunden, welche ihm ein ausschweifender und pflichtvergessener Prälat ge= schlagen hatte. Das ganze Land war unsicher; Partei= gänger zogen auf und nieder und sengten und plünderten. Bald hier, bald dort gingen Dörfer und Weiler in Flammen auf, und besonders war es die Gegend von Kaiserswerth, welche furchtbar mitgenommen wurde. Als noch die letzten Spuren dieser Wirren wetterleuchtend dahinzogen, wurde Friedrich Spee geboren. Es war, als solle sich der Knabe schon früh an die Gefahren und an den vielfachen Jammer gewöhnen, den er im Mannesalter durch eigene Anschauung und eigenes Mitleben um so schmerzlicher em= pfinden mußte. Leider fehlen uns über seine Jugendjahre und ersten Lebensschicksale alle Nachrichten. Jedenfalls aber boten seine biederen Eltern alles auf, um ihm nicht bloß eine tüchtige geistige Bildung angedeihen zu lassen, sondern ihn auch im heiligen katholischen Glauben fest und unver=

---

[1] Religionsgeschichte der köln. Kirche unter dem Abfall der zweien Erzbischöfe. Aus der lat. Beschreibung des Arnold Meshov. Köln. 1764. Bb. II. S. 365.

brüchlich zu bestärken. Zu diesem Zwecke schickten sie ihn in das Jesuitencollegium von den „drei Kronen" zu Köln, um dort seine grammatischen und humanistischen Studien zu machen[1]. Jünglinge aus allen Gegenden des Rheinlandes empfingen hier ihre geistige Bildung, und eine der vielen schönen Blüthen aus dieser Anstalt war Friedrich von Spee. Wenn wir aus seinen Schriften auf die dort empfangene Erziehung schließen dürfen, so muß dieselbe eine durchaus tüchtige gewesen sein. Dabei unterstützten ihn die glück= lichsten Anlagen und Talente; denn in den kurzen Nach= richten von Schriftstellern, welche ihn persönlich kannten, wird er ein „Mann von scharfem Verstande, geistreichem und richtigem Urtheile und von großer Gewandtheit in allen Zweigen des Wissens" genannt[2]. Auch muß sein äußeres Auftreten in Allem den Jüngling von vornehmem Stande verrathen haben, und selbst als Ordensmann verleugnete er diese Feinheit und Ritterlichkeit nicht. Kein Wunder, daß die Welt mit all' ihren Lockungen und Reizen ihn be= stürmte und den feurigen Edelmann für sich zu gewinnen suchte. Er selbst hat uns diese Gefahren in einem Gedichte geschildert:

„Einmal hast mich gezogen,
O Welt! in deine Strick',
Einmal hast mich betrogen
Im schnellen Augenblick;
Bist wahrlich ganz verlogen,
Gibst viel zu schlechte Lust.
O weh! daß ich gesogen
Jemals an deiner Brust!
Die Freud ist bald entflogen,
Bald, bald fährt alles weg!

[1] Litterae annuae S. Jesu.
[2] Harzheim: Biblioth. Colon. p. 57.

Wer sich zur Welt gebogen,
Wird schnell zum halben Geck."

Dein Kelch, fährt er fort, ist zwar von lauterem Gold gezogen und mit Perlen und Edelgestein reich verziert; aber wehe dem, der daraus trinket. Auch ich ließ mich zum Trunke verführen, doch die Gnade Gottes kam zur rechten Stunde und errettete mich aus dem Verderben, in das ich zu stürzen drohte[1]. Anspielend auf diese Gnadenstunde erzählt er in dem gülbenen Tugenbbuchs folgende herrliche Parabel: „Auf einen Sonntag begegneten einander die Liebe Gottes und die Liebe der Welt. Die Weltliebe sagt: Schwester, wie bist Du also traurig, es thut Dir, glaub' ich, schmerzlich wehe, daß mich die Menschen einlassen und Dich so gar ausschließen? — Da nahm die Liebe Gottes die Weltliebe mit Gewalt und band sie an das Kreuz; da starb alsbald die Weltliebe. Und es schwur darauf die Liebe Gottes, so oft ihr die Weltliebe begegne, wolle sie dieselbe fangen und an das Kreuz binden; sie habe nicht gewußt, daß die Weltliebe sterbe, so man sie an's Kreuz anbinde. — Der Treue und Liebe kann ich noch nicht vergessen"[2].

Spee hatte während seiner Studien tiefere Einblicke in den Geist der Gesellschaft Jesu gethan. Die Richtung und das Streben des aufblühenden Ordens sagten ihm zu, und

---

[1] Trutznachtigall, herausgeg. v. Clemens Brentano. Berlin. 1817. Wörtlichtreue Ausgabe mit erneuerter Orthographie. Wir geben die Citate in den folgenden Blättern nach dieser Ausgabe, wie wir uns für die Stellen aus dem „gülbenen Tugendbuch" an die getreue hochdeutsche Bearbeitung halten, welche Fräulein von Hertling auf Veranlassung Brentano's 1829 herausgab. — Eine zweite Auflage erschien zu Coblenz 1850.

[2] Gülbenes Tugendbuch. Coblenz. 1850. Bd. II. S. 124.

so zerbrach er „Wappen und Stammbaum, entschlug sich
aller Reize und Freuden und zündete aus diesem Erden=
tande vor dem Kreuze Christi ein Feuer des Lobes und
der Liebe an"[1]. In seliger Freude und Dankbarkeit, daß
Gott ihn aus den Gefahren einer blendenden Jugend er=
rettet hatte, singt er:

> „In Gottes Hand schon lagen
> Des Todes Pfeil' bereit,
> Jetzt, jetzt sprang ab der Bogen,
> O schlimme Ewigkeit!
> Da ward ich schnell entzogen,
> Schnell, schnell zur ander'n Seit',
> Daß mich nicht traf der Bogen,
> Noch Pfeil' mir thäten Leid.
> O Gott, will Dich nun loben,
> Loben Deine Gütigkeit,
> Dich loben, immer loben,
> Loben in Ewigkeit"[2].

II.

Sein Eintritt in die Gesellschaft Jesu; Wirken in Paderborn.

„O Welt, o Welt, du schnöde böse Welt," sagt Spee
an einer Stelle des güldenen Tugendbuches, „wie ist es
möglich, daß dich deine Kinder also heftig lieben? da doch
du ihnen endlich also übel lohnest. Warum lassen wir
dich nit einmal fahren? warum erkennen wir nit einmal
deine Falschheit? Warum lieben wir nit vielmehr unseren
Schöpfer und treuen Herrn? Warum dienen wir ihm nit
von ganzem Herzen, der allein uns rechte Treu und Glau=

---

[1] Ebend. Bd. II. S. 8.
[2] Trutznachtigall. S. 379.

ben hält, der allein uns alles geben kann, allen Reichthum,
Ehr und Wollust, die wir jetzt vergeblich bei der falschen
Welt auf Erden suchen?"[1]

Solche und ähnliche Erwägungen stellte der neunzehn=
jährige Jüngling auch damals an, als er glücklich den Rei=
zen der Welt entronnen war. Er wollte fortan bei Gott
allein seine Lust und Freude suchen und bat beßhalb im
Jahre 1610 um die Aufnahme in die Gesellschaft Jesu.
Sie wurde ihm bewilligt, und noch im Herbste desselben
Jahres reiste er nach Trier, um sein Noviziat anzutreten.

P. Christian Maier, aus Mengelrobe auf dem
Eichsfelde, ein Mann, der als Doctor der Theologie und
Philosophie mit tiefer Wissenschaft die gründlichste ascetische
Bildung verband, wurde sein Lehrmeister im geistlichen Leben.
In dieser Schule lernte Friedrich die praktische Entsagung
der Welt und ihrer eiteln Freuden und Ehren, — eine
Tugend, in der für den Ordensmann der eigentliche Schwer=
punkt des religiösen Lebens, das Centrum der christlichen
Vollkommenheit verborgen liegt.

„Auf eine Zeit", erzählt Spee, „ging ich mit trockenen
Augen bei einem Kreuz vorüber, da rief mir ein Engel
von dem Kreuze und sprach: hörst du, undankbarer Knecht,
wie schaust du deinen Herrn mit so undankbaren Augen
an! Hie werf' ich dir hinab etliche Kreuzfrüchte, die sollst
du essen, und bald wirst du einen andern Sinn bekommen.
Da schüttelt er den Baum des Kreuzes, und es fielen die
schönen Früchte ab. Die hießen also:

Hie oben am Kreuz ist Pein und Leiden,
Hie oben am Kreuz will Gott verscheiden,
Den Tod unschuldig muß er leiden,
Wann willst du Mensch die Sünden meiden?

[1] Diese Stelle findet sich gleichfalls in der Trutznachtigall. S. 412.

Solche Frucht las ich auf und gab meiner Seel davon zu essen, von Stund an bekam sie einen andern Sinn, und weinet zugleich und sang vor Freuden:

> Wohlan, wohlan, die Welt ist voller Schmerzen,
> Abe, abe, das sag ich dir von Herzen,
> An's Kreuz will ich mein' Sünden binden,
> Da soll man mich hinfürter finden"[1].

Die Gefahren der Welt hatten den Jüngling veranlaßt, den verachteten Ordensstand zum Erbtheil zu erwählen, die Liebe zum gekreuzigten Erlöser munterte ihn auf, sein Opfer voll und ganz zu bringen und in keiner andern Liebe, als in der Liebe Gottes sein Genügen zu finden. Es mag wohl im Noviziat gewesen sein, als dieses innere Gnadenlicht mit seinen Strahlen die Seele des jugendlichen Religiosen erleuchtete. Keine Tugend wenigstens tritt in seinem ganzen Leben mit solcher Klarheit hervor, als die Verachtung alles Erdentandes und die mit ihr innig ver= bundene Kreuzesliebe.

Nachdem Friedrich das zweijährige Noviziat vollendet und während eines Jahres philosophischen Studien ob= gelegen hatte[2], wurde er 1613 als Magister der Gram= matik und der schönen Wissenschaften nach Köln gesendet. Mit der größten Sorgfalt widmete er sich diesem neuen Amte. Es wird von ihm gerühmt, daß er sich die innigste Liebe aller seiner Schüler in hohem Grade erwarb. Er führte und leitete dieselben nicht bloß auf der Bahn der Wissenschaften, sondern auch auf dem Wege der Tugend

---

[1] Trutznachtigall. S. 420.
[2] Spee hatte bereits vor seinem Eintritte das curriculum philos. absolvirt; aus analogen Fällen müssen wir schließen, daß er als Scho= lastiker nur während eines Jahres die Philosophie repetirte, wie es damals gebräuchlich war.

von Stufe zu Stufe voran, so daß viele dem Beispiele
ihres Lehrers folgten und gleichfalls später in verschiedenen
Orden sich Gott dem Herrn weihten. Drei Jahre war
Spee in dieser Stellung thätig, als er 1616 zum Stubium
der Theologie abberufen wurde. Aber schon 1621 kehrte
er als Priester nach Köln zurück und übernahm den Lehr=
cursus der Philosophie mit dem gleichen Erfolge und der
gleichen Auszeichnung, wie er früher die niederen Wissen=
schaften docirt hatte.

Indessen zog Spee nicht nur durch seine mit der größten
persönlichen Liebenswürdigkeit gepaarte Sittenstrenge und
Frömmigkeit, sondern auch durch seine bedeutenden Geistes=
anlagen, zumal durch sein Rednertalent, die Augen der
Obern auf sich. Ein solches Talent sollte nicht in den
Schulen sein Leben beschließen, es sollte vielmehr in die
praktische Wirksamkeit eintreten, wo durch Missionen so viel
Gutes befördert werden konnte. Ein äußerer Umstand be=
schleunigte diese Absicht der Obern.

Während Spee in Köln als Lehrer der Philosophie
wirkte, zog sich ein furchtbares Unwetter über die deut=
schen Lande zusammen, und bereits entluden sich einzelne
verhaltene Schläge. Der 30jährige Krieg war entbrannt;
der Winterkönig Friedrich von der Pfalz wurde zwar ge=
schlagen, aber nun führten die zerstreuten Freibeuter den
Krieg auf eigene Faust. Es war das Vorspiel der kom=
menden schrecklichen Dinge. Der Braunschweiger Christian
warf sich als Rächer für Friedrichs Gemahlin, Elisabeth,
auf und hielt seinen Raubzug durch Westphalen, plünderte
Kirchen und Klöster und ließ vor allem Paderborn seine
Rache und Grausamkeit fühlen. In dieser Stadt verweilte
er drei Monate, bis das Heranrücken spanischer Truppen
ihn zum Aufbruche nöthigte. Jetzt konnten auch die Je=

suiten, in deren Collegium Christian sein Quartier aufge=
schlagen hatte, zurückkehren. Der Aufenthalt Christians
hatte verderblich auf die Stadt gewirkt; aus Furcht und
theilweise aus geheimer Vorliebe für die Neuerungen neigte
sich ein großer Theil der Bürger, besonders des Adels,
der Reformation zu. Das strenge Einschreiten des Kur=
fürsten Ferdinand von Bayern vermochte nicht die Irrlehre
gänzlich auszurotten. Da erbat sich Ferdinand den P.
Spee als Prediger für die Domkanzel nach Paderborn.
Während der Jahre 1625 und 1626 wirkte Friedrich in
dieser Stellung mit so segensreichem Erfolge, daß eine noch
lebende Ueberlieferung ihm die Rückkehr einer bedeutenden
Anzahl westphälischer Adeligen zur katholischen Kirche zu=
schreibt.

Ein eigenthümliches Ereigniß, das so recht die Auf=
opferung und den frommen Liebeseifer unseres Missionärs
charakterisirt, scheint gleichfalls in diese Zeit zu fallen.

„Ein Missethäter sollte hingerichtet werden und, ob=
gleich Spee alles versucht hatte, um ihn zur Reue und
zur Ablegung einer heiligen Beichte zu stimmen, blieb der
Unglückliche dennoch verstockt. Da sagte der eifrige Priester
zu ihm: „Ihr wißt, wie viel Gutes ich auf meiner Rech=
nung habe; das alles setze ich auf die Eurige und schenk's
Euch zum Eigenthum, wenn Ihr Leid über Eure begangenen
Sünden und gröblichen Verbrechen bezeugt, hiernächst Je=
sum Christum und dessen Verdienst ergreift, alsdann könnt
Ihr selig werden." Die Sprache eines solchen Mannes
von Credit, wie P. Spee war, machte den stärksten Ein=
druck auf den bisherigen Bösewicht, daß er zurückdachte,
seine Verbrechen als wahrer Christ beseufzte, sich von
Stunde an bekehrte und sehr gelassen, ruhig, freudig und
selig aus der Welt ging." Soweit A. S. G. Guse, der

diese Erzählung aus dem Munde einiger alten Jesuiten vernommen hat[1].

Das alte Paderborn vergaß den frommen und eifrigen Ordensmann nie; noch bis auf den heutigen Tag zeigt man in dem früheren Jesuitenkollegium das Kämmerchen, welches Spee vordem bewohnte.

III.

Die Hexenprozesse; Spee in Würzburg.

Mit dem Jahre 1627 eröffnete sich ein neuer Schau-platz der Wirksamkeit für Spee's Opfermuth. Er sollte mit den Schrecknissen der Hexenprozesse bekannt werden, die gleich einem angeschwollenen Gießbach ihre Wogen über die damalige Welt und zumal über unser deutsches Vater-land ergossen. Der demüthige Ordensmann ward von der Vorsehung auserwählt, mit kühner Hand dem anfluthenden Verderben einen Damm entgegenzusetzen, welchen die Fluth weder zu durchbrechen, noch zu übersteigen vermochte. Seine Wirksamkeit auf diesem Gebiete war vielleicht die wichtigste Aufgabe seines Lebens, jedenfalls aber diejenige, welche seinem Namen für alle Zeiten bei Freund und Feind dauernde Liebe und Hochachtung sicherte.

Das große Hexenverbrennen, welches Ulrich von Wir-temberg 1616 anordnete, hatte den angrenzenden Rhein-und Maingegenden das Signal zu gleichem Beginnen ge-geben. Noch gelang es dem Bischof von Würzburg für

---

[1] Westphälisches Magazin zur Geogr., Hist. und Statistik, heraus-gegeben von P. F. Webbigen. III. Bd. X. Heft. S. 482. Biele-feld. 1787.

einige Jahre die Aufregung zu dämpfen und zu bemeistern. Aber zu Ende des Jahres 1626 konnte Philipp Adolf von Ehrenberg, ein sonst milder und frommer Mann, nicht mehr zurückhalten. Hoch und Niedrig, die Juristen wie der Pöbel verlangten die Verfolgung der Hexen. Der Aufstand brach los, und zwar um so furchtbarer, je länger man ihn einzudämmen gesucht hatte. Philipp Adolph erbat sich nun von den Jesuiten einen Beichtvater für die unglücklichen Opfer, und Spee wurde von Paderborn zu diesem Zwecke nach Würzburg berufen (1627).

Bevor wir näher auf seine Thätigkeit an diesem Orte eingehen, müssen wir vor allem in kurzen Zügen die eigenthümliche Erscheinung dieses Wahnes charakterisiren[1].

Der Glaube an Hexen und an Wesen, die mit den Mächten der Finsterniß in Verbindung stehen, wurzelt in der menschlichen Natur und findet wohl seine tiefere Erklärung in jener Erkenntniß, daß wir durch den Sündenfall unserer Stammeltern und durch die eigenen persönlichen Sünden unter die Herrschaft der bösen Geister gekommen sind. Was sie von Gott nicht zu erhalten hoffen, das hoffen deßhalb sittlich verdorbene Menschen von dem Widersacher Gottes zu erlangen. Schon die ältesten Bücher der heiligen Schrift reden von Zauberern, Geisterbeschwörern und Wahrsagern. Bei allen Völkern, unter den Stämmen des grauen Alterthums, wie unter den wilden Horden Asiens, Amerika's und Afrika's finden sich diese Anschauungen.

---

[1] Vergleiche zu dem Folgenden: Solban: Geschichte der Hexenprozesse. Stuttgart. 1843. — Roskoff: Geschichte des Teufels. Leipzig. 1869. II. Bd. — Wächter: Beiträge zur deutschen Geschichte, insbes. zur Geschichte des deutschen Strafrechtes. Tübingen. 1845. — Horst: Dämonomagie. 1818. Deßgl. Zauberbibliothek. 6 Thle. Mainz. 1821—26.

Selbst die hochgebildete Griechen= und Römerwelt versenkte sich, als der Rationalismus überhand nahm, mit wahrer Lust in die Mysterien einer finsteren Magie und dämoni= schen Theurgie. Das waren nicht alles Spiele der Ein= bildung. Denn angesichts erwiesener Thatsachen aus den Schriften der Kirchenväter, unzähliger Beispiele der heiligen Bücher und der bestimmten Lehre der katholischen Kirche läßt sich das Hineinragen der Geisterwelt in die Geschichte und Geschicke der Menschheit keineswegs leugnen.

Es war nicht zu verwundern, daß in den ersten Zeiten des Christenthums mancherlei Anschauungen heidnischen Wahnes und abergläubischer Systeme in den Gemüthern der Neubekehrten haften blieben. Die katholische Kirche durfte natürlich einen solchen Unfug nicht dulden, sondern mußte mit aller Entschiedenheit dagegen auftreten. Denn es war an kein volles, lebendiges Christenthum zu denken, so lange diese Reste des Heidenthums die Herzen beherrschten. Zudem warfen sich die gnostischen und manichäischen Sekten mit einem gewissen Reize in diese finsteren Mysterien und suchten durch solche Gaukeleien die Gläubigen zu bethören und irre zu leiten. Auch hielt die Kirche den Grundsatz unerschütterlich fest, daß schon allein der Versuch, bei den Mächten der Finsterniß Hülfe und Beistand zu erlangen, den Abfall von Gott in sich schließe. Aus diesem dreifachen Grunde übernahmen bereits die heiligen Väter den Kampf gegen diese Vorstellungen, mochten sie sich nun im Gebrauche von Talismanen, oder im Mißbrauche der heiligen Schrift zur Erforschung der Zukunft, den sogenannten „heiligen Loosen", äußern [1]. Mit ihnen vereinigten sich die Stimmen

---

[1] Vergl.: Basil. M. Epist. ad Amphil. — Euseb. Caesar. de praepar. Evang. l. 3. — S. August. de civitate Dei, lib. VIII,

der Concilien. Die älteren Pönitentialbücher, die National=
und Provincialconcilien, sowie das canonische Recht ent=
halten eine Reihe von Hinweisen auf die Nichtigkeit magi=
scher Künste und Zauberei, der Wahrsagerei und Zeichenbeu=
terei, der Amulete und selbst der Ordalien[1]. Den schwersten
Kampf indessen hatte das Christenthum mit dem Aberglauben
der germanischen Völker zu bestehen. Der Naturcult unserer
Vorfahren, ihr tieferes Mitleben mit all' den tausendfältigen
Erscheinungen, die Sommer und Frühling, Herbst und
Winter in stetem Wechsel hervorrufen, nährte das Gefühl
einer träumerischen, abgöttischen Verehrung. War ja doch
der Mensch selbst nach heidnisch=germanischer Anschauung
eine der Erde entsprossene Erle oder Esche, dem die Götter
im Blute das Leben, in der Seele die bewegende Kraft ge=
geben hatten. Quellen und Flüsse, die Gräber der alten
Helden empfingen Opfergaben; aus dem Rauschen der Fluß=
wirbel wurde die Zukunft erforscht; durch Holzreibung ent=
standenes „Nothfeuer" und verschiedene Kräuter besaßen
als Geschenk der Götter heiligende und reinigende Kraft;
Springwurzeln und Wünschelruthen öffneten den Eingang
zu verborgenen Schätzen. Als das Christenthum eindrang,
wurde das, was früher die Götter in diesen Dingen be=
wirkten, dämonischem Einfluß zugeschrieben, und nach wie
vor fuhr der Germane fort, diese abergläubischen Gebräuche
zu üben, obgleich bereits längst die Gesänge der alten Gott=

---

cap. XIX; lib. XXI, cap. VI. — Epist. ad Januar. — Origenes.
hom. XVI in Num. XXIII, 11, n. 7.

[1] Wir heben nur einzelne Concilien hervor, so das von Elvira
(305), can. 6; die Synode von Ancyra (314), can. 23 (Harduin
tom. I, S. 279); von Laodicea (343—381), can. 36 (Harduin t.
I, Seite 787); von Arles (443 oder 452), can. 23 (Harduin t. II.
S. 775) u. v. a.

heiten schwiegen, die Druidenaltäre zertrümmert am Boden
lagen und an ihrer Stelle das Kreuz sich prangend erhob.
Auch hier trat die katholische Kirche abermals entschieden
auf; fast sämmtliche Synoden, welche zwischen den Jahren
549—813 gehalten wurden, erlassen Verordnungen gegen
die Verehrung der heiligen Quellen, Bäume und alten
Steinmale, gegen den Kräuterzauber und ähnliche Dinge.
Das Concil von Leptinä (wahrscheinlich in Lothringen) gab
743 in dreißig Artikeln ein Verzeichniß der abergläubischen
und heidnischen Gebräuche, die damals noch im Schwunge
waren [1].

Von Hexen ist bis in's 13. Jahrhundert hinein selten
die Rede. Nur die sogenannten Wettermacher, welche Hagel
und Donner heraufbeschwören, das Vieh bezaubern und die
Herzen rauben konnten, erscheinen in einzelnen Conciliar=
bestimmungen als ferne Vorboten der armen Hexenweiber.
Aber es zeigt sich auch bereits die Strafe, welche diesen un=
glücklichen Geschöpfen drohte. Volksrache verhängte sie in
der ältesten Zeit, und die Gesetze der fränkischen Könige,
zumal Karls des Großen, rügten ihrerseits wieder diese
Rache mit dem Tode. So heißt es in einem Canon der
Synode von Paderborn (785), dem Karl der Große Ge=
setzeskraft verlieh: „Wer vom Teufel geblendet nach Weise
der Heiden glaubt, es sei jemand eine Hexe und esse
Menschen, und diese Person beßhalb verbrennt, oder ihr
Fleisch ißt, oder Anderen zu essen gibt: der soll mit dem
Tode gestraft werden" [2]. Schärfer bereits und bestimmter

---

[1] Pertz: Leg. I, p. 19 sqq. Selbst die Synode von Trier im
Jahre 1227 mußte noch gegen die Verehrung heiliger Quellen kämpfen.
Vergl. Harzheim: Conc. Germ. tom. III, p. 526 sqq.

[2] Pertz: Legum tom. I. S. 48.

war der Herenwahn im Anfange des 14. Jahrhunderts ausgeprägt. „Kein Weib soll vorgeben", sagt der einund- achtzigste Canon der Synode von Trier (1310), „daß sie Nachts mit der heidnischen Göttin Diana oder mit der Herodias und einer unzähligen Weibermenge ausreite. Denn das ist teuflischer Trug" [1]. Die Anklage des Teufelsbun- des, welche später in jedem einzelnen Herenprozesse die Haupt- beschuldigung bildete, ist hier schon klar und deutlich aus- gesprochen und die Fassung des Canons zeigt, daß der Wahn in manchen Köpfen spukte und dieser Bund nicht bloß ge- glaubt, sondern auch gesucht wurde. Die Häresieen des Mittelalters mit ihren gräulichen Ausschweifungen konnten allerdings einen Beweis für die Einwirkung der bösen Geister liefern und den Gedanken nahe legen, daß mit dem Teufel ein förmlicher Contrakt sich schließen lasse zum Zwecke des Lasters und schändlicher Zauberei. Ausgelassene Sinnenlust, die immer mehr überhand nahm, förderte, verbunden mit roher Unwissenheit, diese Gelüste und je mehr wir uns dem Wendepunkte des 15. und 16. Jahrhunderts nähern, um so häufiger begegnen uns die Spuren des Wahnes. Die Hauptanklage gegen die Jungfrau von Orleans war, daß sie eine Zauberin und ein Werkzeug der Hölle sei; diese Beschuldigung lieferte der Rache ihrer Feinde das Mittel in die Hand, um die Retterin Frankreichs auf den Holz- stoß zu bringen. Schon vorher hatte man den Templern vorgeworfen, sie beteten den Teufel an, der ihnen in Ge- stalt einer schwarzen Katze erschiene. Das waren alles nur Vorzeichen, die aber die Gemüther noch mehr erhitzten und erregten. Endlich loderten zuerst in Frankreich um 1470 die Scheiterhaufen empor, das Signal war gegeben und

---

[1] Schannat: Concil. Germaniae, tom. IV ad ann. 1310.

als ob die Flammen immer neue Hexen hervorbrächten, zog der Aberglaube wie eine Epidemie durch alle Länder. Zumal den ganzen Rhein entlang wälzte er sich als brückender Alp. Die einen fürchteten und schauten überall Hexen und Zauberer. Krankheiten, plötzlicher Reichthum, Stürme und Feuersbrunst, Liebesleid und Eifersucht waren die Wirkungen höllischer Verträge. Außergewöhnliche Häßlichkeit wie hervorragende Schönheit, tiefer Ernst wie ausgelassene Heiterkeit, Tölpelhaftigkeit wie Klugheit, kurz jede ungewohnte Erscheinung weckte den Verdacht. Auf der andern Seite ergaben sich wirklich Viele, ob bewußt oder unbewußt, dem furchtbaren Einflusse und fanden ihre Lust in der Ausführung magischer Handlungen. Es gab eine Unzahl, die von sich selber die feste Ueberzeugung hatten, daß sie zaubern könnten, und die deßhalb einen förmlichen Teufelscult trieben. Die mysteriösen Phantastereien der Astrologen und Alchymisten förderten und bestärkten diese Meinung. Unwillkürlich drängt sich uns hier die Frage auf, ob dieser Wahn nur ein verbrecherisches Spiel der Phantasie gewesen ist, oder ob ihm dämonischer Ursprung zu Grunde lag. Gewiß haben Tortur und Folter, falsche Anklagen und sittliche Versunkenheit die meisten Hexen geschaffen, aber es steht auch wiederum sicher fest, daß sich damals häufig eine Einwirkung kund gab, die nicht auf natürliche Weise erklärt werden kann. Der religiöse Unglaube hat ja gemeiniglich den Aberglauben und die offene Anbetung des Teufels im Gefolge. Wir brauchen dafür nicht in frühere Jahrhunderte zurückzugreifen und sie der finsteren Unwissenheit zu beschuldigen, unsere Zeit ist reich genug an derartigen Beispielen. Das Wort Shakespeare's: „Es gibt mehr Dinge im Himmel und auf Erden, als eure Schulweisheit sich träumen läßt", galt und gilt noch immerfort. Tischrücken, Geisterklopfen und der ganze moderne Spiritualismus beweisen dieses, und manche derartige Erscheinungen möchten sich wohl schwer durch das magnetische Fluidum und unbekannte mechanische Kräfte erklären lassen. Aehnliche Fälle liegen uns in den Hexenprozessen vor.

Als der finstere Wahn die oben berührte schreckliche Ausdehnung annahm, trat die katholische Kirche mit Entschiedenheit dagegen auf und zwar zunächst nur belehrend und warnend. Da aber dieses nichts half, erließ Innocenz VIII. am 4. Dezember 1484 die Bulle: summis desiderantes affectibus gegen den Unfug; er wollte die Untersuchungen geistlichen Richtern übertragen, um mehr Ordnung, Gerechtigkeit und Milde in das Verfahren zu bringen. Die Dominikaner Sprenger, Krämer und Gremper wurden mit der Ausführung der Bulle betraut. Um dem Vorgehen Einheit und Regelmäßigkeit zu geben, verfaßte Sprenger den „Hexenhammer", ein Werk, das regeln sollte, aber leider nur neuen Zündstoff anhäufte. Sprenger glaubte alles, was den armen Hexen vorgeworfen wurde, mochten es auch die offenbar tollsten Märchen sein; er setzte die Angeklagten als schuldig voraus und gründete auf diese unrichtige, zum wenigsten übertriebene Voraussetzung das Gesetzmäßige seiner Handlungen. Der Hexenhammer war, wie Görres sagt, „ein Buch, das zwar rein und untadelhaft in seiner Intention, aber nicht mit geschärfter Urtheilskraft durchgeführt, ohne hinlänglichen Grund thatsächlicher Erfahrung, unvorsichtig auf die scharfe Seite hinüberwog"[1]. Von jetzt an fanden alle Hexenrichter in diesem Buche die Entschuldigungsgründe für ihr Verfahren und die Beschwichtigung für die auftauchenden Zweifel

---

[1] Görres: Mystik. Bd. IV. Abth. 2. S. 585.

ihres Gewissens. Dazu kam die Unordnung in politischer Beziehung und die Unwissenheit des gemeinen Volkes, und endlich schuf die Folter, welche in der „Lex Carolina" eine Rechtskraft erhielt, eine Menge Hexen. Von jetzt an ist kein Ort, an welchem nicht Unglückliche verbrannt wurden; wenn in einem Gebiete die Scheiterhaufen brannten, wurden sie auch bald in den angrenzenden Ländern entfacht. Neue Tribunale wurden errichtet und die Untersuchungen blieben in weltlichen Händen. Selbst diejenigen Geistlichen, welche sich hie und da in den Commissionen befanden, waren als Richter nur Diener des Staates. An dem Klerus fand Sprenger sogar vielfach den heftigsten Gegner.

Aber was half alles? Die Hexerei war ein Ausnahmeverbrechen, bei dem man sich an die gewöhnlichen Regeln der Untersuchung keineswegs gebunden glaubte. Tausende von Opfern bestiegen fortan den Holzstoß. Waren die Richter selbst nicht streng genug, dann verschaffte das Volk sich gegen die Angeklagten vermeintliche Gerechtigkeit. So steinigte der Pöbel von Laon zwei Weiber, weil die Richter zu milde gegen sie gewesen seien. Aehnliche Beispiele ereigneten sich auch in den deutschen Landen. Man spricht von 48,000 Personen, die zu Ende des 15. und Anfang des 16. Jahrhunderts diesem Wahne geopfert wurden. Nikolaus Remigius erzählt, wie er selbst als Criminalrichter in Lothringen innerhalb 15 Jahren 800 Hexen habe martern und verbrennen lassen[1]. Zuletzt hielt er sich selbst für einen Zauberer, gab sich an und endete auf dem Scheiterhaufen.

Als die Reformation auftrat, heilte sie dieses Uebel ebenso wenig wie viele andere, die sie angeblich heilen wollte.

---

[1] Daemonolatreiae libri tres N. Remigii. Frankfurt. 1596.

Luther sah ja selbst überall den Teufel, nannte die Papisten vom Teufel Besessene, und versicherte einmal in einer Predigt, von den deutschen Bischöfen habe jeder auf den Reichstag nach Augsburg nicht etwa nur e i n e n Teufel, sondern eine ganze Schaar höllischer Geister mitgebracht[1]. Und während Calvin die Seele der Genfer Regierung war, wurden in der kurzen Frist vom 17. Februar bis 15. Mai 1545 vierunddreißig jener Unglücklichen — und unter ihnen des Scharfrichters eigene Mutter — durch Schwert, Scheiterhaufen, Galgen und Viertheilung vom Leben zum Tode gebracht. Und selten war es, daß der letzten Execution nicht noch grausame körperliche Verstümmelungen vorhergingen. Der Arm des Henkers ermattete unter der Last seiner Arbeiten, die eines Mannes Kraft überstiegen[2].

Demgemäß wurden auch in protestantischen Ländern die Verfolgungen aufgegriffen und fortgesetzt und zwar oftmals mit noch größerem Eifer und andauernder, als bei den Katholiken. Im Braunschweigischen gingen von 1590 bis 1594 die Executionen so stark, daß oft an einem Tag 10 Hexen verbrannt wurden. In der einen Stadt Nördlingen wurden von 1590—1594 allein 25 Personen hingerichtet. Bei Wolfenbüttel lag ein Wald, dessen sämmtliche Bäume verkohlt waren von den vielen Hexen, die dort einzeln angeheftet im Laufe weniger Jahre den Feuertod starben. Heinrich VIII. von England erließ einen Parlamentsakt gegen die Hexen (1541), und Elisabeth verschärfte denselben. Ihr Nachfolger aber, der grausame Pedant Jacob I., schrieb ein eigenes Werk, die „Dämonologia", in welcher er sagt: „Es hat zwar mehr „Gespenster" im Papst-

---

[1] Vergl. Döllinger: die Reformation. Bd. III. S. 271 ff.
[2] Kampschulte: Joh. Calvin. Bd. I. S. 427.

thum gegeben, von benen man nach der Reformation nichts weiß; aber dafür ist die teuflische Macht der Hexen weit mehr kund geworden, wie ich aus eigener Erfahrung in Großbritannien beweisen kann"[1].

So sehr die Glaubensspaltung auch die Gemüther aus= einanderriß — in der Hexenverfolgung waren alle einig. Selbst die aufgeklärtesten Geister gingen hier mit dem Volke. Fischart übersetzte ein Werk des Franzosen Bo= bin (la Démonomanie) in die deutsche Sprache, um zu größerer Thatkraft aufzumuntern. Und dieser Bodin war doch sonst der ungläubigste und verkommenste Mensch, aber den Teufel ließ er sich nicht nehmen. Er hatte Recht und Grund dazu. Ein ebenso undurchbringlicher Schleier hielt Keppler's Augen gefesselt. Gustav Adolph richtete den ersten Artikel des schwedischen Kriegsrechtes gegen die Zauberer: „Mit Abgöttern, Zauberern und Waffenbe= schwörern, und wer mit Zauberei umgeht, soll nach gött= lichem und schwedischem Rechte verfahren werden." Und als Tilly in der Schlacht von Breitenfeld verwundet wurde, ohne schwer verletzt zu sein, hatte der Schwede nichts eiliger zu thun, als auszusprengen, der alte Kriegs= held habe durch ein Bündniß mit dem Teufel das Fest= und Gefrorensein erlangt. In diesem Falle ging nämlich eine gewöhnliche Kugel nicht durch, sondern brachte höch= stens eine leichte Quetschung hervor. Die katholischen Schriftsteller aber boten alles auf, um diese Verleumdung dadurch zu widerlegen, daß Tilly dennoch sowohl am Haupte als an der Seite blutende Wunden gehabt habe, und daß somit die Anklage des Gefrorenseins wegfalle[2].

---

[1] Daemonologia: 1. II. 7.
[2] Onno Klopp: Tilly. Bd. II. S. 447 ff.

Das ist in wenigen Worten der Gang der Hexenprozeſſe, die gerade in der vollſten Blüthe ſtanden, als Spee in Würzburg ankam.

Im güldenen Tugendbuche verſucht Spee die chriſtliche Seele durch die Betrachtung großer Leiden zum Mitleid und zur Nächſtenliebe zu ſtimmen. „Stelle Dir vor,“ ſagt er, „wie hin und wieder durch die ganze Welt viel arme, gefangene Sünder und Sünderinnen, Schuldige und Un= ſchuldige in Kerkern und Banden liegen. Gar viele wer= den unſchuldig gefoltert, gepeinigt, gegeißelt, geſchraubt und mit neuen, unmenſchlichen, grauſamen Martern ihnen ſo zu= geſetzt, daß ſie vor unleiblicher Größe der Pein auf ſich oder Andere endlich bekennen, was ſie nie gethan oder ge= dacht haben. Wenn ſie auch vor Gott ganz unſchuldig ſind, will man es ihnen doch nicht glauben, ſie müſſen mit Gewalt und Zwang, gleichviel mit Recht oder Unrecht, es gehe, wie es wolle, ſchuldig ſein, ſonſt will man ſie nicht hören. Kein Jammern und Weinen, kein Entſchuldigen und Rechtfertigen, nichts auf der Welt hilft ihnen mehr — ſie müſſen ſchuldig ſein. Man peinigt ſie ſo lange, bis ſie endlich ſterben oder bekennen. Halten ſie die Martern aus, ſo ſpricht man, daß der Teufel ſie ſtärke und ſie nicht bekennen laſſe; auch dann müſſen ſie ſchuldig ſein und als Unbußfertige und Verſtockte noch greuliger als ſonſt hin= gerichtet werden“ [1].

Das war das furchtbare Bild des Jammers, welches Spee in Würzburg und dem angrenzenden Bamberg vor Augen hatte.

Nach einem alten gerichtlichen Verzeichniß wurden in den Jahren 1627, 1628 bis 16. Februar 1629 allein zu

---

[1] Spee: Gülbenes Tugendbuch. Bb. II. S. 87 ff.

Würzburg hunderachtundfünfzig Herenleute in neunund=
zwanzig Bränden hingerichtet. Wir finden unter biefen
Unglücklichen vierzehn Vicarien der Hauptkirchen, brei Dom=
herren, mehrere Rathsherren, die Wittwe eines Kanzlers,
einen Doctor der Theologie, mehrere junge Edelleute und
Edelknaben, ein blindes Mädchen, ein kleines Mägdelein
von neun Jahren und ein noch kleineres, ihr Schwesterlein,
viele angesehene Bürger, Gobel Babelin, die schönste Jung=
frau in ganz Würzburg, und einen munteren Studenten, so
viele Sprachen gekonnt und ein tüchtiger Musiker gewesen
ist[1]. In ähnlicher Weise wüthete die Verfolgung im Bis=
thum Bamberg.

Spee selbst begleitete an zweihundert biefer Schlachtopfer
zum Feuertode. Sein Herz blutete und wallte über vor
Schmerz und Gram. „Nichtsdestoweniger dürfen wir uns
unter ihm", wie Brentano sagt, „keinen sogenannten Auf=
geklärten denken, der an das Reich der Hölle und an eine
thätige Propaganda ihres Fürsten nicht glaubte. Er blies
bas Ei nicht aus, weil er vor dem Küchlein in demselben
bas armselige Licht der Weltklugheit nicht sehen konnte.
Spee war ein begeisterter Priester Jesu Christi, unseres
lebendigen menschgewordenen Gottes, er war ein Träger und
Mittheiler geistlicher Gnaden, er glaubte an die Pforten
der Hölle, welche zu zerbrechen, das Wort Fleisch geworden
ist. Eines leugnen, heißt dem Satan einen Stein in bas
lebendige Wasser werfen, über dem die Geister wohnen,
bald folgt der zweite und sofort der dritte, bis der Teufel
eine Brücke hat, um zu uns zu gelangen mit dem Unglau=
ben, der Gottlosigkeit, Lüge, Sünde und dem ewigen Tode.
Der Triumph der Schlange ist, daß man nicht an sie glaube

---

[1] Hauber: Bibliotheca magica. Bb. III. Anhang.

und sie ruhig im Busen trage, bis sie uns vergiftet"[1].
Spee glaubte, und deßhalb sagt er in seiner cautio criminalis ausdrücklich: „Obgleich ich selbst viel in Kerkern
mit Elenden, die satanischer Gemeinschaft beschuldigt waren,
in geistlichem Berufe verhandelte und mit Fleiß, aufmerk-
samer Forschung, will nicht sagen Neugierde, all' mein
Denken so in diesen lichtlosen Abgrund verwickelt habe, daß
ich nicht mehr wußte, was ich von dieser Sache glauben
sollte: so habe ich dennoch, die Summe der verwirrten Ge-
dankenrechnung zusammenziehend, für wahr halten müssen,
daß solche Verbrecher bestehen, und dieses ohne Frevelmuth
und groben Unverstand nicht geleugnet werden kann. Daß
aber so Viele und alle Jene, welche verbrannt werden,
wirklich schuldig seien, glaube weder ich noch andere gottes-
fürchtige Männer. Es soll mich auch Niemand so leicht
dessen überreden, falls er nur mit ungestümem Schreien
und blinder Autorität, sondern mit Vernunft und Nach-
denken gegen mich treten und mit mir die Sache prüfen
will"[2].
Spee's erster Besuch in den Gefängnissen beugte ihn
tief; die Gefangenen weigerten sich, die heiligen Sakramente
zu empfangen, weil sie fürchteten, die Beichte möchte in den
Augen der Richter als ein Geständniß ihrer Schuld erscheinen. Ein Gespräch außer der Beicht vermieden sie
noch sorgfältiger, um den Priester nicht als Ankläger zu
haben[3]. Allgemein und schrecklich war die Verzweiflung
dieser Wesen, und Spee mußte Dinge hören, die ihn schaudern machten. „Manche", sagt er, „die überzeugt waren,

---

[1] Cl. Brentano: Ges. Briefe. Bd. II. S. 440.
[2] Cautio criminalis. Dub. I.
[3] Cautio criminalis. Dub. XXX.

sie seien ewig und unrettbar verloren, wenn sie, obgleich unschuldig, sich zu solchem Laster bekennen würden, kämpfen lange gegen den ungeheuren Schmerz, unterliegen aber doch zuletzt und verfallen in die größte Betrübniß, weil Niemand sie aufrichtet und tröstet"[1]. „Es ist nicht gut zu sagen, was ich dort Alles erfahren habe," schreibt er. „Ich erinnerte mich der Stelle im Prediger (die auch Tanner anführt): Ich wendete mich zu Anderem, und ich sah die Gewaltthaten, welche unter der Sonne geschehen, ich sah die Thränen der Gottlosen und keinen Tröster; sie können der Gewalt nicht widerstehen und sind allerseits der Hülfe beraubt. Da pries ich die Todten glücklicher als die Lebenden und hielt für glücklicher als beide den, der noch nicht geboren und die Uebelthaten nicht geschaut hat, welche unter der Sonne geschehen"[2].

Am meisten schmerzte ihn die offenbare Ungerechtigkeit und Schändlichkeit des Prozeßverfahrens. Er hat uns in der Cautio criminalis[3] eine Schilderung desselben hinterlassen, die wir hier anführen, weil sie zur Kenntniß der Sachlage dient und zugleich den hohen Muth Spee's charakterisirt, der dem Verbrechen solcher Justizmorde mit kühner Stirne entgegentrat.

„Gaja ist der Hexerei angeklagt und folgendes Dilemma liefert einen Beweis gegen sie: Entweder hat die bezeichnete Frau einen schlechten, unehrbaren Lebenswandel geführt, oder einen guten, rechtschaffenen. Ist es ein schlechter gewesen, so ruft man: seht da ein starkes Indicium; denn eine Schlechtigkeit steht mit der andern in nahem Verbande.

---

[1] Dub. XX, ratio VIII.
[2] Dub. XIX, ratio VII.
[3] Cautio criminalis. Dub. LI.

War ihr Lebenswandel aber rechtschaffen, so ist das nicht minder ein Indicium. Denn also, heißt es, pflegen die Hexen sich zu verhüllen und streben jederzeit den äußern Schein aufrecht zu erhalten...... Hierauf wird sie in den Kerker abgeführt und es ergibt sich sofort ein neuer Beweis gegen sie. Denn entweder zeigt Gaja Furcht oder nicht. Fürchtet sie sich, denn es kann ihr ja nicht unbekannt sein, mit welchen grausamen Martern man bei solchen Anklagen zu verfahren pflegt, so ist die Furcht ein Indicium. Ihr Gewissen, heißt es, klagt sie an. Zeigt sie aber keine Furcht, weil sie auf ihre Unschuld vertraut, so ist auch das ein Indicium. Denn eben dieß, sagt man dann, ist ja allen Hexen ganz besonders eigen: sie berufen sich immerdar auf ihre Unschuld und leugnen frech.

Damit es nun auch ferner an Indicien nicht fehle, so hat der Inquisitor seine Leute, und zwar oft unehrenhafte und übelberüchtigte, welche das ganze Leben der Angeklagten erforschen. Dabei kann es nicht fehlen, daß ihnen nicht irgend ein Wort und eine That aufstoße, welche eine böswillige Auslegung der Menschen leicht zu einer Hexerei verkehren oder verdrehen kann. Oder auch, wenn die Gaja bis dahin mit diesem oder jenem in Feindschaft lebte, so bietet sich für diese Gegner eine treffliche Gelegenheit... Demgemäß wird zur peinlichen Frage geschritten... Ein Anwalt oder eine Selbstvertheidigung wird keinem Angeklagten dieser Art gestattet. Die Zauberei, heißt es als Antwort auf eine solche Forderung, ist ein crimen exceptum... Aber selbst wenn es der Gaja gestattet wäre, einen Vertheidiger anzunehmen, so würde sie keinen finden, denn jeder Anwalt und Vertheidiger würde fürchten, sofort selber in den Verdacht der Zauberei zu gerathen. Daßelbe widerfährt überhaupt allen, die in dieser Sache etwas zu reden und die Richter etwa zur Vorsicht zu ermahnen wagen. Deßhalb ist allen der Mund verschlossen, und die Federn sind stumpf, daß sie weder reden noch schreiben.

Gemeiniglich jedoch, damit der Angeklagten wenigstens einiger Raum zur Vertheidigung gestattet werde, führt man sie vor, verließt die Anklagen und befragt sie darüber, wenn das ein Befragen genannt werden kann. Denn mag sie auch alle jene Punkte aufklären und jeden einzelnen Umstand zur Genüge angeben: es wird das weder bemerkt noch beachtet. Mag sie auch durch ihre Antworten jedes Wölkchen zerstreuen: es behält alles seinen Werth und seine Geltung. Die Angeklagte wird in den Kerker zurückgeführt, damit sie dort fleißiger überlege, ob sie noch ferner als halsstarrig beharren will; denn eben deßhalb, weil sie sich vom Verdachte reinigt, gilt sie für halsstarrig ...

Nachdem sie überlegt hat, wird sie wieder an einem andern Tage vorgerufen, und es wird ihr die Verweisung zur Tortur vorgelesen, gleich als hätte sie auf alles gegen sie Vorgebrachte nichts erwidert und nichts davon hinweggeräumt ....

Diese Marter ist die der ersten Stufe, die leichtere. Dieß ist so zu verstehen. Die Marter an sich ist schwer genug; doch nennt man sie leicht in Rücksicht auf die folgenden. Wenn die Angeschuldigte nach der Marter der ersten Stufe bekennt, so wird öffentlich ausgesagt, daß sie ohne Folter bekannt habe ....

Demgemäß wird Gaja nach solchem Bekenntnisse ohne irgend ein Gewissensbedenken den Flammen überwiesen. Sie müßte freilich ebenso sicher auch sterben, wenn sie nicht bekannt hätte ... Das Loos hat einmal entschieden. Die Angeklagte kann nicht mehr entrinnen; sie muß sterben ....

Wenn dann Gaja unter den Schmerzen der Tortur die Augen vor Schmerz entweder rollt, oder fest heftet, so ist das eine wie das andere ein Indicium. Wenn sie die Augen rollt, so heißt es, warum anders thut sie das, als weil sie ihren Buhlen sucht? Wenn sie dagegen irgend wohin den festen Blick richtet, so ruft man: seht da, sie hat ihn gefunden, sie erkennt ihn. Wenn sie aber nach wiederholter Folter noch immer schweigt, wenn man ihrem Gesichte ansieht, daß sie die Schmerzen zu verbeißen sucht, wenn eine Ohnmacht sie überwältigt: so ruft man aus, daß sie während der Marter lache und schlafe, daß sie dem Zaubermittel des Schweigens vertraue, daß sie um so viel strafbarer sei, daß man sie dennoch nicht anders als ver= brennen könne ...

Es ist die Aufgabe eines geschickten Henkers, in der Anwendung seiner Mittel bis an das äußerste Maß dessen zu gehen, was menschliche Sehnen und Gelenke aushalten können, ohne zu zersprengen und zu zerbrechen. Doch auch dem gewandtesten und erfahrensten Meister schlägt es wohl einmal fehl. Wenn es dann je zuweilen geschieht, daß eine Angeklagte unter der Marter stirbt, so heißt es, daß der Teufel ihr den Hals umgedreht habe. Dann wird nach Gebühr freilich, wie man es nennt, die Leiche der Gaja vom Henker hinausgeschleppt und unter dem Galgen ver= scharrt.

Wenn aber Gaja unter der Marter nicht stirbt, wenn ferner das Gewissensbedenken des Henkers so groß ist, daß er ohne neue Indicien die Angeklagte weder abermals mar= tern, noch auch, da sie nicht bekannt hat, dem Feuertode überweisen will: so wird sie im Gefängnisse zurückbehalten und mit stärkeren Fesseln angethan. Also überläßt man sie bis zu einem vollen Jahre in der Einöde des Ker=

kers den Wirkungen ihres Zustandes an Leib und
Seele ....

Während nun Gaja im Kerker festgehalten und von
denjenigen moralisch gequält wird, von welchen dieß am
allerwenigsten geschehen sollte, fehlt es den scharfsichtigen
Richtern nicht an Gelegenheit, gegen Gaja neue Indicien
aufzufinden, und mit Hülfe derselben die Angeklagte, wenn
es vor Gott erlaubt ist, dieß zu sagen, so in's Gesicht hinein
zu überführen, daß sie nach dem Gutachten sehr gelehrter
akademischer Doctoren lebendig verbrannt werden kann ...

Da möchte ich doch um des allbarmherzigen Gottes willen
wissen, welcher Weg, mag nun die Angeschuldigte mit oder
ohne Bekenntniß sterben, sich hier zum Entrinnen eröffne,
wenn man auch noch so unschuldig ist! Unglückliche, worauf
hast du gehofft? Warum hast du nicht beim ersten Schritt
in den Kerker dich für schuldig bekannt? Thörichtes, un=
besonnenes Weib, warum willst du vielmal sterben, wenn
du mit einem Male abkommen kannst? Folg meinem
Rathe: vor aller Pein bekenne dich für schuldig und stirb.
Entrinnen kannst du ja doch nimmermehr; denn du weißt,
was das Ziel des Gerechtigkeitseifers in Deutschland ist.

Und auch an euch, ihr Richter, wende ich mich mit
einer andern Frage: warum doch habt ihr euch umgesehen,
warum doch habt ihr gesucht nach Hexen und Zauberern?
— Glaubt mir, ich will sofort euch zeigen, wo sie sind.
Wohlan, nehmet den ersten besten Kapuziner, den ersten
besten Jesuiten, den ersten besten Priester; schlagt ihn an
die Folter und sofort wird er bekennen. Ist er dann noch
halsstarrig, schützt er sich durch Zaubermittel, so fahrt fort:
endlich werdet ihr ihn brechen. Wenn ihr noch mehr wollt,
so nehmet die Prälaten, die Domherren, die Doctoren der
Kirche. Ich versichere euch, sie werden schon bekennen."

Das ist ein Bild der Rechtslosigkeit eines Verfahrens, das sich noch mit dem Scheine der Gerechtigkeit brüstete. Spee war erschüttert, als er diese Gewaltthaten sah. Er hatte keine Ruhe mehr; Tag und Nacht sann er über ein Mittel, um zu helfen und unter Thränen flehte er zu Gott — aber vergebens. Wie oft mag er in diesen betrübten Stunden die folgenden Worte erwogen und ausgesprochen haben, die er in dem gülbenen Tugendbuche einer mitleidigen Seele in den Mund legt: „Gott weiß es, wie es mir leid ist, daß ich nicht helfen kann. Mich dünkt, ich wollte niederknieen und mir das Haupt abschlagen lassen, wenn ich die armen Kreaturen damit erlösen könnte. O Du mein allermildester Herr Jesu, wie kannst Du dulden, daß sie also gepeinigt werden? Ich bitte Dich durch das heilige Blut, so aus Deinem zarten Frohnleichnam geflossen ist, komme doch zu Hülfe den Unschuldigen und Bedrängten, daß sie nicht verzweifeln. Erleuchte die Obrigkeit, daß sie wohl zusehe, wie sie richte, und die Gerechtigkeit nicht in Grausamkeit und Gottlosigkeit umgewandelt werde. O mein Gott, wie gerne wollt' ich Alle herzlich trösten, ihnen Muth einsprechen und alle mögliche Liebe um Christi willen erzeigen. — Ach Jesu!"[1]

So dachte Spee und so handelte er. Die schönen Vorschriften und Verhaltungsmaßregeln, welche er in der cautio criminalis den Beichtvätern jener unglücklichen Geschöpfe gibt, hat er selbst am treulichsten ausgeübt. „Seid wahre Väter", ruft er ihnen zu, „Tröster den Leidenden. Bittet die Armen, sich ganz euch hinzugeben, denn ihr würdet sie in euer Herz einschließen. O, lernet Mitleid haben mit dem Jammer, fühlet die Leiden, als wären sie

---

[1] Gülbenes Tugendbuch. Bd. II. S. 88.

eure eigenen. Saget, ihr wollet euer Leben hingeben für sie, wenn es euch gestattet wäre; versprechet, daß ihr sie nicht verlassen wollet. Machet nicht, daß sich diese Opfer beklagen können, sie hätten keinen Trost gefunden. Wenn ihr als apostolische Männer handelt, dann werdet ihr die Herzen der Unglücklichen an euch fesseln, ihr werdet sie durch Liebe gewinnen. Ich habe es ja selbst oftmals er= fahren"[1].

Auf diese Weise erwarb sich Spee bald das größte Zutrauen. Mit inniger Liebe und kindlicher Offenheit pflegten sich die Gefangenen und solche Personen, die im Verdachte der Zauberei standen, an den seeleneifrigen und herzguten Priester zu wenden. Bei ihm suchten sie Trost und Hülfe und ihm klagten sie ihre Nöthen und Leiden. Spee's Wirken begann trotz allen Jammers seine segens= reichen Früchte zu tragen. Sein Herz wurde leichter, er war wieder freudig und glücklich.

IV.

Der Vorkämpfer gegen gesetzliche Gewaltthat.

Die innere Herzensfreude Spee's sollte nicht lange dauern. Die Hexenrichter hatten bereits seine Ankunft ungern gesehen; die volle Hingabe des eifrigen Ordens= mannes an die unglücklichen Opfer erbitterte sie noch mehr. Eine Stelle in der cautio criminalis verbreitet ein eigen= thümliches Licht über die Denkungsart dieser Verwalter des Gesetzes: „Alle Sorge wird getragen", schreibt er, „daß ja keine billig denkenden und gelehrten Priester, die

---

[1] Dub. XXX.

etwas mehr Grütze im Kopfe und das Herz auf dem rech=
ten Flecke haben, sich der armen Opfer annehmen. Sie
lassen auch keinen zu, der allenfalls die Fürsten aufklären
könnte, denn sie fürchten, die Unschuld der armen Ge=
fangenen möchte doch noch in der Folge an's Tageslicht
kommen. Deßhalb gestatten die Inquisitoren den Priestern
einer gewissen Gesellschaft nicht einmal das Beicht=
hören der Unglücklichen, obgleich diese Priester die Jugend
fast aller Länder unterrichten und erziehen und auch das
Gewissen mancher Fürsten leiten. Vor nicht gar langer
Zeit sprachen sich die Richter sogar dahin aus, man müsse
diese Gesellschaft aus dem Vaterlande vertreiben,
weil ihre Mitglieder Störenfriede der Rechts=
pflege seien"[1].

Spee gehörte zu dieser Gesellschaft, und es ist daher
kein Wunder, daß die Richter ihm aufsäßig waren. In=
dessen stand der fromme Priester noch unter dem Schutze
des Bischofs, der ihn berufen hatte, und es blieb seinen
Feinden nichts anderes übrig, als im Geheimen auf Nach=
stellungen zu sinnen und seinem Eifer sonstige Schwierig=
keiten in den Weg zu legen.

Ein seltsames Ereigniß beförderte ihre Pläne und gab
ihnen zugleich das Mittel an die Hand, offener gegen den
Pater voranzugehen.

Eines Tages kam eine fromme und brave Frau zu ihm,
um ihre Generalbeichte abzulegen und ihn zugleich um seinen
Rath zu bitten, weil sie in dem Rufe stehe, eine Zauberin
zu sein. Sie fürchtete, gerichtlich belangt zu werden, wollte
aber dennoch nicht fliehen, sondern lieber in ihr Dorf zu=
rückkehren. Am Meisten wurde sie von dem Gedanken be=

---

[1] Cautio criminalis. Dub. LI, nro. 33.

ängstigt, sie möchte eine Todsünde begehen, wenn sie etwa auf der Folter trotz ihrer Unschuld sich bei der Gewalt der Schmerzen als schuldig bekennen würde. P.. Spee tröstete die Unglückliche und gab ihr die Versicherung, daß ein auf der Folter erzwungenes unwahres Bekenntniß nur eine läßliche Sünde sei; alsdann rieth er ihr gleichfalls, in die Heimath zurückzukehren. Die Frau folgte dieser Weisung; aber schon nach wenig Tagen wurde sie gefänglich einge= zogen und gefoltert. Sie gab wirklich den Schmerzen nach und gestand ein Verbrechen, das sie nie begangen hatte. Der Priester, welcher sie zum Scheiterhaufen führte, machte, überzeugt von der Unschuld des armen Opfers, dem Richter Vorwürfe. Da erhielt er zur Antwort: „Dieses Weib wäre nicht verurtheilt worden, hätte sie nicht ihre Heimath verlassen und mit P. Spee eine Unterredung gehabt. Da= durch aber legte sie ihre Schuld an den Tag und erduldete mit vollem Rechte die Todesstrafe" [1].

Dieses Ereigniß vermehrte Spee's innere Leiden und steigerte dieselben auf den höchsten Grad. Oeffentlich als Vertheidiger auftreten konnte er nicht, weil er den Verdacht nur bestärkt und sich für sein ferneres Wirken den Weg abgeschnitten hätte. Uebrigens scheute er die Hingabe seines Lebens nicht; was er immer thun konnte, das that er red= lich. Zu verschiedenen Malen machte er den Richtern die eindringlichsten Vorstellungen, aber vergebens. Er weckte stets auf's neue ihren Haß und Argwohn. Das kränkte ihn tief und schwer. „O, daß ich sagen könnte," ruft er aus, „welcher Schmerz mein Herz zerreißt, weil ich diese Dinge verschweigen muß" [2]. Außer Gott und seinem Seelen=

---

[1] Dub. XXVIII.
[2] Dub. LX, ratio VII.

führer wagte er nur einem Jünglinge zuweilen in tiefbewegten Worten sein kummerbelastetes Herz auszuschütten. Dieß war der Canonicus Johann Philipp von Schönborn, nachmaliger Bischof von Würzburg und später Kurfürst von Mainz. Johann Philipp stand damals in einem Alter von zweiundzwanzig Jahren und war, wie es scheint, nicht bloß das Beichtkind Spee's, sondern sein jugendlicher und vertrauter Freund. Leibnitz, der mit Philipp von Schönborn in innigem schriftlichen Verkehre stand, erzählt in einem Briefe, den Placcius, der Verfasser des Theatrum Anonymorum, mittheilt: „Einst fragte der jugendliche Philipp den P. Spee, warum doch der liebe geistliche Vater ein graueres Haupthaar habe, als es seinem Alter nach sein sollte. Da entgegnete ihm der Pater, dieses sei von den Hexen gekommen, die er zum Scheiterhaufen begleitet habe. Dem erstaunten Schönborn löste Spee folgendermaßen das Räthsel: Wenn er nämlich mit größtem Fleiße untersucht und sich auch des Ansehens der Beichte bedient habe, so hätte er doch in keinem der Unglücklichen, die er zum Feuer begleitet, etwas entdeckt, was ihn hätte überzeugen können, daß demselben das Verbrechen der Zauberei mit Recht angeschuldigt worden sei. Die Einfältigeren zwar hätten, wenn er sie in ihrer Verwirrung befragt, aus Furcht vor härterer Tortur sich wahrhaft als Zauberer bekannt. Nachher aber, wenn sie Vertrauen geschöpft und eingesehen, daß sie vor ihrem Beichtvater nichts zu besorgen brauchten, hätten sie sich noch ganz anders erklärt. Alle hätten mit herzzerreißendem Jammergeschrei die Bosheit oder Unwissenheit der Richter und ihr Elend beweint und in ihren letzten Nöthen zu Gott, als einem Zeugen ihrer Unschuld, gerufen. Dieses erbarmungswürdige, so oft wiederholte Schauspiel habe ihn in solchem Grade erschüttert, daß er vor den

Jahren grau geworden sei"[1]. So Leibnitz nach dem Be=
richte Philipps von Schönborn. Mit dieser Erzählung
stimmen die Worte Spee's in der cautio criminalis überein:
„Ich schwöre es bei Gott, daß ich wenigstens bis jetzt keine
Hexe zum Scheiterhaufen geleitete, von der ich nach allsei=
tiger Erwägung vernünftiger Weise behaupten könnte, sie
sei schuldig gewesen. Ebendasselbe habe ich von zwei an=
deren gewissenhaften Theologen gehört"[2].

Als Spee sich immer mehr überzeugte, daß der Sturm
gegen ihn bald losbrechen würde, strengte er seinen Eifer
noch stärker an, hauptsächlich um selber Klarheit in der
Sache zu erhalten. Es war nämlich ein Stellungsgedanke
in seiner Seele aufgetaucht, den er mit allen nur möglichen
Mitteln zu verfolgen gedachte. Zu diesem Zwecke verweilte
er länger als sonst in den Kerkern, studirte die Prozeß=
akten und suchte vor allem die Richter einzeln auf, sprach
mit ihnen über die Prozesse, legte ihnen seine Bedenken
vor und bat um die Lösung derselben. Auf diese Weise
gelang es ihm, die ganze Nichtswürdigkeit des Verfahrens
zu erkennen. Hatte er bei den unglücklichen Opfern Jam=
mer und Elend aller Art gefunden, so entdeckte er bei den
Richtern Habsucht, Grausamkeit und eine Menschenfurcht,
die mit vollem Bewußtsein Mord an Unschuldigen verübte.
Das machte ihn schaudern.

Ein Jahr hatte Spee in Würzburg seine Thätigkeit ent=
faltet und noch immer gab es Hexenbrände. Die Richter
waren auch schließlich des unbequemen Mahners überdrüs=
sig geworden und untersagten ihm den Besuch der Gefäng=
nisse. „Als neulich ein Priester", erzählt Spee, „den

---

[1] Vincentii Placcii Theatr. Anonym. Hamb. 1708. p. 233 ff.
[2] Dub. XXX, docum. XIX.

Richtern ganz im Geheimen aus den Akten nachwies, daß der Prozeß gegen einige bestimmte Personen völlig ungerecht geführt werde, gaben sie ihm kein Gehör. Sie ließen jene Weiber unbarmherzig verbrennen, ihm selber aber verboten sie ein für allemal den Besuch der Kerker. Wie ich jetzt höre, soll Aehnliches auch noch Anderen passirt sein" [1].

Verschiedene Andeutungen an zerstreuten Stellen der cautio criminalis machen die Vermuthung, daß Spee selbst dieser Priester gewesen ist, zur Gewißheit [2]. Dieß ereignete sich im Frühling des Jahres 1628.

Der Ordensmann war auf diesen Schlag gefaßt; er hatte nicht umsonst die genauesten Nachforschungen angestellt; vermittelst derselben machte er jetzt das Verbot völlig zu Schanden.

Nach langem und innigem Gebet hatte Spee endlich das Mittel gefunden, welches die Kerker erschloß und den Gefangenen Leben und Freiheit wieder gab.

Im Angesichte der Thatsachen schrieb er mit festem Griffel seine „Cautio criminalis seu de processibus contra sagas liber ad magistratus Germaniae hoc tempore necessarius," zu Deutsch: „Gerichtliche Untersuchung, ein Buch über Hexenprozesse, den deutschen Obrigkeiten unserer Tage höchst nothwendig."

Es war ein muthiges Wagniß und, wie Clemens Brentano sagt, „nicht weniger, als sich selbst in die Bahn eines

---

[1] Dub. XVIII, coroll. IX.

[2] Durch Vergleichung der Prozeßakten, wenn dieselben noch vorhanden wären, mit der cautio criminalis ließen sich überhaupt noch viele Einzelheiten über Spee's Wirken in Würzburg enthüllen. So aber können die mancherlei Anspielungen nicht mit Sicherheit auf ihn bezogen werden.

von tollen Rossen unter der Geißel berauschter Führer
bergab gegen eine ganz versunkene Menschenmasse nieder=
geschleiften Sichelwagens der höllischen Mächte einhaltend
zu werfen. Spee, der fromme, starke, glaubende, recht=
glaubende, ganzglaubende Priester der katholischen Kirche,
hat dieses gethan und mit unendlichem Segen gethan.
Diese That war mit nicht geringerer Gefahr verknüpft,
als in der Schreckenszeit der französischen Revolution in
die Getriebe der tausendfältig fallenden Henkerbeile einhal=
tend greifen zu wollen"[1].

Wir haben gesehen, welche Ausdehnung die Hexenver=
folgungen im Zeitalter Spee's genommen hatten, wie sie
über ganz Deutschland dahinzogen und überall unzählige
Opfer den Flammen überlieferten. Freilich traten hier und
da biedere Männer gegen das Unwesen auf, doch der Aber=
glaube wurzelte zu tief in den Gemüthern, und die Hab=
sucht wirkte mit, so daß diese einzelnen Stimmen spurlos
verhallten. „In der Asche der Verbrannten suchte man
sich Gold. Die Notare, die Aktuare, die Schöffen und
Richter bereicherten sich, der Henker ritt wie ein Hofmann
auf stolzem Rosse, in Gold und Silber prunkend und sein
Weib wetteiferte im Putze mit den Adeligen"[2]. Spee
selber berichtet, wie ein weltlicher Inquisitor durch Leute
die Bauern in den Dörfern gegen die Hexen aufreizen und
ihnen sagen ließ, er wolle kommen und die Unholde ver=
brennen, wenn ihm eine bestimmte Summe als Pfand=
schilling vorausbezahlt werde. Hatten die Bauern als=
dann das Geld zusammengebracht, so veranstaltete er einen

---

[1] Clemens Brentano: Einleitung zur Trutznachtigall. Berlin.
1817. S. VIII.
[2] Kontheim: hist. diplom. Trevir. tom. III. p. 170.

ober zwei Brände und brohte bann mit seinem Weggange,
falls ihm jene Summe nicht von neuem gezahlt werbe.
Dieß geschah zuweilen zwei ober breimal, bis die Kräfte
ber Gemeinde erschöpft ober die wohlhabenbsten Frauen ver=
brannt waren [1].

Der Leibarzt bes Herzogs Wilhelm von Cleve, Johann
Weier (nach anberen: Wier) schrieb zuerst ein Buch
gegen bieses gesetzlose Herenverbrennen [2]. Aber bie juri=
stische Fakultät von Marburg verwarf die Schrift 1565,
und Weier verbankte es nur bem Schutze seines fürstlichen
Gönners, baß er nicht selbst in Haft gezogen wurde [3]. Nach
ihm versuchte sich in gleicher Absicht ber Priester Cornelius
Loos (gest. zu Mainz 1593) aus bem Holländischen unb
erklärte ben Herensabath für Irrwahn. Er wurde burch
die Protestanten verjagt, kam nach Trier unb als er auch
bort nicht schweigen konnte, sonbern Fürbitte für die armen
Weiber einlegte, mußte er mit zweimaligem Kerker unb
Wiberruf büßen. Jetzt brandmarkte ber Pater Abam Tan=
ner, Kanzler ber Universität Prag, in seiner Theologie
bas grausame Verfahren und gab milbere Rathschläge.
Als Lohn zog er sich ben Zorn ber Terroristen zu. Sie
verschrieen ihn als einen Zauberer und verlangten nach
seinem Tobe ben Leichnam, um ihn zu verbrennen [4]. Aber
Tanner erlebte wenigstens bas Erscheinen ber cautio cri-

---

[1] Dub. XVI.

[2] De praestigiis daemonum etc. lib. IV. — Liber Apologe-
ticus, Pseudomonarchia daemonum. 1560.

[3] Auch Johann Greg. Gobelmann trat in einem Werke (Trac-
tatus de magis, veneficis et Lamiis deque his recte cognoscendis
et puniendis) gegen bas gesetzlose Treiben auf.

[4] Cautio criminalis. Dub. VII. Vergl. Menzel: Geschichte ber
Deutschen. S. 900.

minalis und starb (1632), vielleicht mit dem frohen Be=
wußtsein, daß einem anderen gelingen werde, was er selbst
nicht durchzusetzen vermochte.

War Spee somit auch nicht der erste, welcher gegen den
Irrwahn eiferte, so hat er doch das Verdienst, zuerst durch
seine Schrift die Gemüther aufgerüttelt und wirksam in
das tolle Getriebe eingegriffen zu haben. Er übernahm
den ungleichen Kampf und schlug durch. Und in der That
war auch sein Werk das einzige, welches in ruhiger, aber
eindringlicher Weise alle Bedenken zerstreute und das Schre=
ckenvolle der Blutjustiz in der ganzen Blöße enthüllte. In
fünfzig Fragen stellt sich Spee alle Einwürfe der Gegner,
die gerichtlichen Zweifel, welche aus den oft gemachten Ge=
ständnissen erwuchsen, scharf und klar vor Augen; er ver=
schweigt keine Schwierigkeit, welche man ihm machen konnte,
und bebt vor keinem der scheinbar triftigen Gründe mancher
Gelehrten und Hexenverbrenner zurück. Er ist sich der
Rechtlichkeit und der Wahrheit seiner Sache gewiß und will
deßhalb auch nur mit den Waffen der Wahrheit den Kampf
verfechten. In diesem Bewußtsein und mit der ganzen
Wucht einer festen durch Erfahrung gewonnenen Ueberzeu=
gung stellt er sich der Lüge und Ungerechtigkeit entgegen,
brandmarkt die Nachlässigkeit der Richter und die Schänd=
lichkeit und Habsucht der Ankläger, kennzeichnet die Irr=
thümer und Unrechtmäßigkeit des gerichtlichen Verfahrens,
erhebt sich gegen die Grausamkeit der Folter und gegen die
schamlose Weise, mit welcher man aller Zartheit zum Trotz
nach Indicien suchte, und zieht Fürsten und Richter vor
den Richterstuhl der allwissenden Wahrheit und Gerechtig=
keit. So beantwortet er Satz für Satz die aufgestellten
Schwierigkeiten in philosophischer, ja scholastischer Form;
fest und sicher fallen seine Schläge; indem er selbst die

Einwürfe auf seine gegebenen Antworten abermals löst, gestattet er dem Gegner keinen Ausweg, bis er ihn endlich durch die Kraft der Schlüsse, die Gründlichkeit der Anlage, die Feinheit und Gewandtheit der Durchführung, die Kühnheit und unerschrockene Entschiedenheit des Kampfes gänzlich besiegt und zu Boden geworfen hat. Mitten in der strengen Beweisführung erhebt er sich zuweilen in feuriger Beredtsamkeit und greift mit schneidender Ironie und mit prophetischem Mahnwort das Unrecht an. „Ich schäme mich Deutschlands", ruft er aus; „was werden die anderen Nationen sagen, die so schon unsere Dummheit zu belachen pflegen?" [1] — „Die Hexen wollen sich vertheidigen, aber man hört sie nicht, man spannt sie auf die Folter; sie sind schon verurtheilt, bevor man sie anhört" [2]. — „Die Richter schämen sich, einem Weibe kein Geständniß entlocken zu können; Rachsucht und Blutgier mischt sich ihrer Handlungsweise bei" [3]. — „Weh Deutschland, so vieler Hexen Mutter! was Wunder, daß es sich vor Gram die Augen ausweint, um sie nicht zu schauen" [4]. — „Wehe den Fürsten, die, statt Völkerhirten zu sein, die unmenschlichen Greuel unter ihren Schutz nehmen. Wehe den Richtern, deren Kastengeist aus den Hexenprozessen ein Privilegium und eine Erwerbsquelle gemacht hat. Und doch sollten sie die Schuld bedenken, mit welcher ein übereiltes Todesurtheil das Gewissen belastet; sie sollten sich erinnern, daß man mit Menschenblut nicht kurzweilen und Menschenhäupter nicht leichtsinnig wie Kegelklötze hinwerfen dürfe. Wir alle

---

[1] Dub. XVII.
[2] Dub. XVIII. XIX.
[3] Dub. XXII.
[4] Dub. XXI.

müssen bereinst zum Richterstuhle der Ewigkeit, und wenn
dort jedes unnütze Wort verantwortet werden muß, was
wird mit solchen blutigen Thaten geschehen?"[1]

Von den Fürsten, die sich leider nicht um das beküm=
mern, was ihre Beamten thun, wendet sich Spee an die
Beichtväter. Auch sie, sagt er, müssen anders zu Werke
gehen, als sie bis jetzt gethan. Sie müssen sich als Mittels=
personen zwischen Gott und dem Schuldigen, nicht aber
zwischen diesem und dem Richter betrachten[2]. Die geist=
lichen und weltlichen Obrigkeiten müssen dafür sorgen, daß
der ewigen Anträgerei, Ehrabschneidung und Verleumbung
ein Ende gemacht wird, weil dadurch die christliche Liebe so
tief verletzt, die Unschuld gefährdet und die Gerichte un=
sicher gemacht werden. „Wehe! welche Strafe wird nicht
allein die Richter, sondern auch die Beichtväter treffen,
welche meinen Worten nicht folgen und nicht nur ihren
Geist nicht anstrengen zum Erforschen, sondern auch dar=
über knirschen, daß sie unterwiesen werden"[3]. Am bittersten
redet er die Rechtsgelehrten an, welche in ihren Büchern
von nichts, als von Hexen und Zauberern sprechen, überall
verbrecherischen Spuk erblicken und mit Gewalt zur Ver=
folgung anfeuern. „O der Blindheit und Dummheit solcher
Weisen!" ruft er aus. „Da sitzen sie hinter dem Ofen
in behaglicher Gemüthlichkeit und hecken Commentare aus.
Sie selbst empfinden keinen Schmerz, reden aber viel von
Qualen, die man den Unglücklichen anthun soll, gerade wie
ein Blindgeborener, der gelehrte Dissertationen über die
Farben hält. Auf sie kann man mit Recht die Worte des

---

[1] Dub. XXIX.
[2] Dub. XXX.
[3] Dub. XXXXV.

Propheten Amos anwenden: „Sie trinken Wein in Schalen und mit dem besten Oele salben sie sich, und kümmern sich nicht um Joseph's Leiden." (Am. VI, 6.) Aber setzt sie doch einmal ein halbes Viertelstündchen dem Feuer aus, dann werdet ihr sehen, wie all' ihre Weisheit und großmächtige Philosophie zusammenbricht. Sie philosophiren in kindischer Weise über Dinge, von denen sie nichts verstehen" [1].

So redet Spee ohne Menschenfurcht und ohne Zagen, obgleich ihn das Schicksal eines Cornelius Loos und eines Tanner hätten zurückschrecken können. Seine Gegner gaben vor, auf dem Boden der Kirche zu stehen, was übrigens durchaus nicht der Fall war. Spee zeigte ihnen, wie in den meisten Prozessen ganz gegen die Bestimmungen und milden Rathschläge der Päpste vorgegangen werde. Auch leugnete er die Möglichkeit und das factische Vorkommen von Hexen nicht, sondern will nur das blutige und ungerechte Prozeßverfahren angreifen und tadeln. Uebrigens hätte er zur Bestätigung seiner rechtgläubigen Meinung anführen können, daß in Italien unter den Augen des Papstes nur wenig Hexen verbrannt wurden und diese wenigen zumeist in Oberitalien. In Rom selbst fand keine einzige Hexenverbrennung Statt. Im Eingange einer Schrift, welche 1657 in der Druckerei der Apostolischen Kammer in Sachen der Hexenprozesse erschien, heißt es: „Die Erfahrung, die große Lehrmeisterin in den Dingen, hat offenbar gemacht, wie die schwersten Irrthümer im Prozeßverfahren gegen das Hexenwesen zum Nachtheile der Gerechtigkeit und der angeklagten Frauen begangen werden; so daß man in der Generalcongregation der heiligen römischen

---

[1] Dub. XX.

und allgemeinen Inquisition seit lange schon bemerkt, wie kaum je einmal ein Prozeß der Art regelmäßig und in der Rechtsform geführt worden"[1]. Aber wenn auch wirklich einzelne Glieder der Kirche in der Verfolgung zu weit gingen, so darf dieses unmöglich der Kirche selbst zur Last gelegt werden. Spee war ein katholischer Priester — und er trat entschieden gegen das Unwesen auf, während Benedict Carpzow, ein berühmter protestantischer Rechtsgelehrter und Spee's Zeitgenosse, der heftigste Gegner der cautio criminalis war[2].

Was aber dem Ordensmanne diesen Muth verlieh, war seine Liebe, die Liebe zur Wahrheit, die Liebe zu allen seinen Mitmenschen und die Liebe zu Gott, dessen Heiligkeit durch diese Greuel schwer beleidigt wurde. „Die Liebe verzehrt mich mit einem glühenden Feuer," ruft er aus, „sie drängt mich zum Kampfe gegen diesen Irrwahn"[3]. „Die Fürsten mögen sich nicht wundern, wenn ich sie scharf mitunter und heftig erinnere; denn es ziemet mir nicht unter Denen zu sein, die der Prophet stumme Hunde nennt, nicht im Stande zu bellen"[4]. Nur Eines hat man dem Vertheidiger der Hexen vorgeworfen, nämlich, daß er seinen Namen verschwieg. Er that dieses keineswegs aus Feigheit, sondern aus den heiligsten Rücksichten. Wenn die Hexenrichter schon vorher und mit Widerstreben einen Beichtvater zu den unglücklichen Wesen zuließen — was war erst zu erwarten, nachdem einer dieser Beichtväter mit flammenden Worten die Ungerechtigkeit des Verfahrens ge-

---

[1] Görres: Mystik. Bd. IV. Abth. 2. S. 652.
[2] Carpzow: Definit. forens. vol. VI, const. 2. p. 4.
[3] Dub. XXIX.
[4] Dub. LI.

brandmarkt hatte! Welcher Vorsicht es damals beburfte, können wir noch von anderer Seite entnehmen. P. Alle= gambe wagt in seinem Werke über die Schriftsteller der Gesellschaft Jesu das Büchlein unseres Spee nicht einmal mit seinem Titel zu bezeichnen. Er sagt nur: „Spee schrieb ein Buch, das vielen außerordentlich gefallen hat und öfters aufgelegt worden ist" [1].

Uebrigens brachte die cautio criminalis, obgleich ano= nym, dennoch ihre Wirkungen hervor. Manche lasen das Buch; seine Gründlichkeit machte die Gemüther stutzen; man „verlor die Zuversicht, daß man mit dieser ganzen Blut= justiz auf gutem Wege gehe, und da man erst recht zusah, entdeckte man das Greuliche in der Sache" [2]. In Würz= burg hörten gleich nach Spee's Abreise die Hinrichtungen auf. Philipp von Schönborn, dem sich der Jesuit kurz nach dem Erscheinen der cautio als ihr Verfasser offen= barte, verbot, nachdem er Kurfürst von Mainz geworden war, alle Hexenspürerei. Seinem Beispiele folgten die Her= zoge von Braunschweig; selbst das Reichskammergericht und der kaiserliche Hof nahmen von dem Buche Notiz und beförderten im Jahre 1632 eine neue Auflage desselben, weil die erste innerhalb weniger Monate vergriffen war [3]. Allmählich erloschen auch an anderen Orten die Scheiter=

---

[1] Allegambe: Script. Soc. Josu p. 551. — Nach einer Bemer= kung in den Gesta Trev. (herausg:g. von Wyttenbach und Müller. 1839 animadv. et additam. ad CCCI, p. 18) stellte man dem Ver= fasser der cautio criminalis vielfach nach, als sein Name bekannt wurde, so daß er zu wiederholten Malen nur mit Noth der drohenden Gefahr entging.

[2] Görres: A. a. O. S. 647.

[3] Einleitung zur cautio criminalis. Editio secunda. Francofurti. 1632.

haufen; vom Main und Rhein ging die segensreiche Bewegung aus und verbreitete sich langsam über ganz Deutschland. Nur ein Theil des Nordens und die sächsischen Lande blieben noch lange halsstarrig.

Von der cautio erschien eine Auflage nach der andern; der schwedische Feldprediger Johann Seifert übersetzte das Büchlein 1647, beßgleichen der nassauische Rath Hermann Schmidt von Siegen 1649. Daniel Jonktys veröffentlichte eine holländische Ausgabe 1652, und im Jahre 1660 ward zu Lyon eine französische Bearbeitung gedruckt. Im Norden mußte Thomasius mit der Entrüstung eines echten Biedermannes durch seine mehr juristische Darlegung dem Wahne den Todesstoß versetzen. Seitdem kommen die Hinrichtungen nur noch sporadisch vor, bis im Jahre 1783 zu Glarus in der Schweiz die letzte Hexe zum Scheiterhaufen geführt wurde.

Wolfgang Menzel nennt die cautio criminalis das beste Werk, welches je über das Hexenwesen geschrieben worden. Vilmar sagt: „Spee war ein Mann der christlichen Liebe im vollsten Sinne; aus dieser Liebe ging dieses Buch hervor." Wir möchten beifügen: Spee zeigt sich in diesem Buche als einen Freund und Wohlthäter unseres Vaterlandes und zugleich als einen Geist voll hoher Gesinnung, männlicher Kraft, classischer Bildung und allseitiger Gelehrsamkeit.

V.

Spee als Martyrer der Liebe [1].

Als Spee's Obern sahen, daß seine Wirksamkeit in

---

[1] Wir folgen in diesem Kapitel einer gütig mitgetheilten Abschrift aus den Litterae annuae Coll. S. J. Hildes.

Würzburg gehemmt und großen Gefahren ausgesetzt sei, riefen sie ihn nach Köln zurück. Vielleicht wollten sie ihn auch von einem Schauplatze entfernen, der immer neuen Gram in der Seele des frommen Ordensmannes anhäufte. Uebrigens fand sich bald eine neue schwierige, aber doch tröstlichere Stellung.

Ungefähr sechs Stunden von Hildesheim entfernt liegt an der Fuse das Städtchen Peina. Es war mit der Grafschaft gleichen Namens im Jahre 1260 durch Erbschaft in den Besitz des Bischofs von Hildesheim und seiner Nach= folger gekommen. Darin verblieb es bis zum Jahre 1520, in welchem Bischof Johann IV. Peina mit seinen dreißig Dörfern der Stadt Hildesheim für die zu seiner Unter= stützung in der Stiftsfehde gegen die Herzoge von Braun= schweig aufgewandten Kriegskosten pfandweise überlassen. Der erste lutherische Bischof des Hochstiftes, Friedrich von Holstein, hatte freilich das Pfand, besonders gegen das Zu= geständniß, daß die Hildesheimer Bürgerschaft im unge= störten Besitze der für den protestantischen Cultus einge= nommenen Kirchen verbleiben sollte, 1553 wieder eingelöst, aber nicht um es als Stiftsgut, sondern widerrechtlich als weltliches Familienbesitzthum und Allod zu behalten und zu behandeln. So war Peina, Stadt und Amt, in die Hände seines Erben, des Herzogs Adolf von Holstein, gelangt, der dort ohne weiteres die Einführung des protestantischen Be= kenntnisses durchsetzte. Erst nach unendlichen Verhand= lungen und Rechtsstreitigkeiten gelang es im Jahre 1603 dem Kurfürsten Bischof Ernst von Köln, den Holsteiner gegen Erstattung der Pfandsumme, die der Hildesheimer Klerus auszahlte, zur Herausgabe des Stiftseigenthums zu bewegen. Doch mußte er einen Revers ausstellen, hin= sichtlich der augsburgischen Confession daselbst keine Aende=

rung vornehmen zu wollen. Als indeſſen Ernſt 1613 ge-
ſtorben war, glaubte ſein Nachfolger, Kurfürſt Ferdinand,
ſich durchaus nicht rechtlich verpflichtet, eine Bedingung zu
halten, die ein unrechtmäßiger Beſitzer aufgenöthigt hatte.
Und ſo nahm er 1628, durch Tilly's Siege in Nieder-
ſachſen unterſtützt, die Gelegenheit wahr, das jus refor-
mandi, welches damals als unveräußerliches und weſent-
liches Attribut der Landeshoheit galt, auch ſeinerſeits aus-
zuüben.

Er erließ die nöthigen Befehle an ſeinen Droſten von
Peina, Jobſt Adrian von Wendt, und verlangte dann von
den Jeſuiten einen Miſſionär für dieſe Gegenden. Wahr-
ſcheinlich erbat ſich Kurfürſt Ferdinand ausdrücklich den
P. Spee zu dieſem Amte, den er durch das ſegensreiche
Wirken in Paderborn während der Jahre 1625—27 bereits kennen gelernt hatte.

Im November 1628 wurde Spee mit dem Laienbruder
Theodotus Dynand in Peina eingeführt. In einem Eck-
hauſe, welches an das Rathhaus grenzte und einem gewiſſen
Caspar Böſen-Schwechelhoff zugehörte, richteten die beiden
Jeſuiten ſich ein. Die Ausſtattung wurde zum Theil aus
dem Hildesheimer Colleg, zum Theil aus der Burg Peina
beſchafft, und dabei erhielt ſie aus fürſtlicher Kaſſe wöchent-
lich ſechs Thaler zum Unterhalte, die aber Spee regelmäßig zu Almoſen für die armen Landleute und Bedürf-
tigen der Stadt verwandte.

Spee wollte ſein Miſſionswerk mit den Dörfern beginnen und machte gleich nach ſeiner Ankunft eine Rund-
reiſe durch das Amt. Er wurde durchgängig gut aufgenommen, die Bauern hatten zumeiſt nur die Frage, ob das
Taufen und Copuliren künftig mehr koſten würde als bis-
her. Spee beruhigte ſie: „Ich werde keinen Heller von

Euch annehmen", sagte er, „selbst wenn ihr mir ihn auf=
drängen würdet. Alle heiligen Amtsverrichtungen will ich
ohne Last für Euch verwalten." Dadurch hatte er für
seine Predigt einen großen Vorschub gewonnen, und als
er nun mit flammender Beredtsamkeit den armen Leuten
die Wahrheiten des heiligen Glaubens erklärte, und seine
Worte und Werke bezeugten, daß er nur für sie lebe und
leide, da waren bald aller Herzen gefangen. Selbst viele
der früheren protestantischen Prediger schlossen sich der
katholischen Kirche an und einer derselben, der „tolle Herr
Tyle", wurde sogar ein vertrauter und liebender Freund
des Missionäres. In kurzer Zeit waren sechsundzwanzig
Dörfer der Grafschaft den Fesseln der Häresie entrissen.

Nun gedachte Spee sein Werk auch in der Stadt be=
ginnen zu können. Hier stieß er auf heftigeren Widerstand,
denn die neue Lehre hatte dort tiefere Wurzeln gefaßt.
Am meisten widerstrebten die Frauen, doch wurden sie durch
Spee's Fastenpredigten umgestimmt. Zur Bekehrung der
Männer trug freilich eine Maßregel des Kurfürsten, nach
welcher nur Katholiken in den neuen Rath gewählt wer=
den sollten, vieles bei. Die vier Korporalschaften der Stadt
schlossen sich dem katholischen Rathe an.

So war auch die Stadt dem Glauben gewonnen; aber
leider hatte das fürstliche Mandat für den Missionär schlimme
Folgen. In einzelnen Gemüthern machte sich ein Gefühl
des Hasses und der Rache geltend, man schob die Schuld
des Ediktes auf den Jesuiten, der, obgleich völlig unschuldig,
für die Strenge seines Fürsten büßen mußte.

Am 29. April 1629 [1], dem Sonntage „Misericordiae"

---

[1] Nach Cordara. Hist. S. J. t. II. lib. XIV. p. 283 war es der
25. April.

ritt Spee in der Morgendämmerung nach der bei Peina gelegenen Ortschaft Woltorp, um die heilige Messe zu lesen. Der Weg führte durch eine sumpfige Haidegegend, die von einzelnen Tannenwäldern durchzogen wird. Ein solcher Waldstrich trennte den Missionär noch von dem Ziele seiner Reise, als plötzlich ein anderer Reiter ihm auf dem schmalen Pfade entgegensprengte und unter heftigen Schmähungen die Büchse auf ihn anlegte. P. Spee ahnte die Absicht und da jede Umkehr unmöglich war, empfahl er seine Seele dem Schutze der allerseligsten Jungfrau und des heiligen Ignatius, und drückte dem Pferde die Sporen in die Weichen. Als der Wegelagerer dieß sah, schoß er los; die Kugel ging fehl, nur das Roß des Missionärs stutzte und fiel zu Boden. Zwar gelang es Spee, das Thier bald wieder auf die Beine zu bringen, aber mittler= weile hatte ihn sein Gegner auch schon eingeholt und schoß nun, zornig über sein Mißlingen, aus nächster Nähe eine zweite Kugel auf ihn ab. Spee blieb unverletzt und spornte auf's neue sein Pferd zur Eile. In angestrengtem Galopp sauste er dahin, der Mörder neben ihm her, vergebens be= müht, den Pater mit dem Kolben niederzuschlagen. So ge= langten sie in das freie Feld. Hier erfaßte den Sendling neue Wuth, er gewann seinem Opfer den Vorsprung ab und umkreiste nun unter fortwährenden Schwerthieben oder Kolbenschlägen den Ordensmann. Trotz aller Schmerzen hielt sich Spee aufrecht, spornte wiederholt sein Pferd, das endlich in großen Sätzen dem Dorfe zueilte. Aus sechs Wunden am Kopfe und zweien an der linken Schulter blutend, langte Spee endlich in der Ortschaft an.

Am Eingange begegnete ihm Herr Tyle, der in Woltorp wohnte. Als der Prediger den Pater sah, der über und über mit Blut bedeckt war, fing er laut zu weinen an.

„Was ist geschehen?" rief er aus. „Gott, welch' ein Un=
glück!" Spee beruhigte ihn: „Bringe nur warmes Wasser",
sagte er, „und lasse zur hl. Messe läuten." Bald strömte
das ganze Dorf zusammen. Auch der Prediger kam mit
kaltem Wasser, Leinenzeug und frischen Eiern zurück. „War=
mes Wasser, mein Vater, hilft da nichts," sagte er,
„kaltes thut Noth." Nun wusch er die Wunden aus, schnitt
mit einer Scheere die Hautfetzen ab, welche über das Ge=
sicht des Paters hernieberhingen, und machte von den Eiern
eine Art Pflaster, mit dem er das Blut zu stillen suchte,
was auch gelang. Spee litt fürchterlich, aber nichtsdesto=
weniger ließ er sich zur Kirche führen und bestieg sofort
die Kanzel. Ein lautes Weinen erscholl, als die guten
Leute ihren Missionär ganz mit Blut bedeckt dastehen sahen.
Spee las das Evangelium des Tages von dem guten Hir=
ten und dem Miethlinge. „Meine liebsten Kinder", sagte
er, „nun urtheilet selbst, ob ich ein guter Hirte oder ein
Miethling bin. Die Merkmale eines getreuen und lieben=
den Hirten trage ich an Stirn und Schläfe" . . . . . Er
wollte weiter reden, aber die Kraft verließ ihn; einen Au=
genblick stützte er sich auf die Brüstung der Kanzel. Nach=
dem er sich ein wenig erholt hatte, forderte er seine Heerbe
auf, mit frohem Herzen den Preisgesang „Großer Gott, wir
loben dich!" anzustimmen und für seinen Mörder zu beten.
Aber nur Weinen antwortete ihm. Da rief Spee dem Sakri=
stane zu: „Ei, so fange doch an!" und als dieser gleich=
wohl schwieg, rief der Pater abermals: „Wann fängst du
an? singe, singe aus voller Brust," und brach zusammen.
Um dem letzten Willen ihres guten Hirten zu gehorchen,
begann die Gemeinde jetzt das Lied, oftmals vom Weinen
und Schluchzen unterbrochen.

Unterdessen hatte man Spee von der Kanzel herabge=

tragen und ließ ihm alle Pflege angedeihen. Als er wieder zu sich kam, verlangte er zurück nach Peina. Wohl ober übel setzten sie ihn auf das Pferd und banden ihn fest; der tolle Herr Tyle bewaffnete sich mit einer Feuerbüchse und einem Schwerte, um seinem lieben Freunde das Geleite zu geben und ihn gegen neue Gewalt zu schützen. Seinen eigenen Hut setzte er dem Pater auf, der den seinigen bei dem Ueberfalle verloren hatte, und geleitete baarhaupt das Pferd am Zügel. Bis an die Grenze der Gemeinde folgten die Landleute dem Trauerzuge, dann nahmen sie Abschied, weil Spee es so wollte.

Es war gerade neun Uhr und die Hochmesse zu Ende, als Spee in der Stadt ankam. Die Leute lachten bei dem Anblicke des bewaffneten und baarhäuptigen Predigers, aber ihr Lachen verwandelte sich in Weinen, als sie den Grund des seltsamen Aufzuges erfuhren. Von allen Seiten nahm man sich des Missionärs an, sie brachten ihm Orangen, Citronen, feine Gerichte, kurz alles, was in ihrer Macht stand, um seine Leiden zu lindern. Der Droste von Wendt traf sogleich Anstalten, um den Mörder zu entdecken, was indessen nie gelang; zugleich sandte er einen Boten nach Hildesheim, um einen erfahrenen Chirurgen herbeizurufen. Doch P. Spee zog es vor, selbst nach Hildesheim gebracht zu werden, damit er, wenn es Gottes heiliger Wille sei, wenigstens im Kreise seiner Brüder sterbe.

Am folgenden Tage ließ Herr von Wendt seinen eigenen Wagen bereiten, um diesem Wunsche des Paters zu entsprechen. Alle Einwohner von Peina begleiteten den Scheidenden unter lautem Weinen bis weit vor die Stadt hinaus, und manches halsstarrige Gemüth wurde jetzt erst völlig gebrochen. Glaube und Liebe hatten gesiegt, und was die Strenge des Fürsten und die milden Ermahnungen des Missionärs nicht vermochten, das vermochte das vergossene Blut. Alle erkannten, daß nur in dem Garten der katholischen Kirche solche Blumen der Andacht, der Liebe und des Seeleneifers erblühen.

Eilf Wochen lag Spee in Hilbesheim zum Tode darnieder. Doch der liebe Gott hatte ihn noch zu einem wichtigen Werke ausersehen und schenkte ihm deßhalb noch einmal das Leben. Sobald er wieder gehen konnte, eilte Spee nach Peina zurück, wo er mit lautem Jubel empfangen wurde. Bis zum September 1629 blieb er in der Stadt, um sein Werk zu vollenden. Unterdessen hatte sich die Kunde von dem erduldeten Ueberfalle in der ganzen Gegend verbreitet und war auch nach dem Kloster Corvei gedrungen, dessen Prior ein naher Verwandter des Jesuiten war. Auf die Bitten dieses Mannes und des Fürstabtes erging die Einladung an P. Spee, sich in der schönen Wesergegend und der ruhigen Stille ihres Klosters vollkommen zu erholen und zu kräftigen. Friedrich nahm die Einladung an, aber müßig konnte er nicht sein, so lange es galt, für Gottes größere Ehre Gutes zu thun.

Das Kloster Corvei hatte unter dem Drucke der Zeit und der allgemeinen sittlichen Verkommenheit schwer gelitten. Vielfache Uebelstände hatten sich bei dem großen Reichthume desselben eingeschlichen und einzelne Mönche besaßen vom Ordensmanne nur mehr den Namen und das Kleid. Spee empfand darüber große Schmerzen und besprach sich mit dem Fürstabte zur Abhaltung der achttägigen Exercitien des hl. Ignatius. Seine Bitte wurde ihm gewährt und das ganze Kloster, mit Ausnahme von drei oder vier Mönchen, betheiligte sich an den hl. Uebungen. Alle legten eine Generalbeicht ab und stärkten sich von neuem zur treuen Beobachtung der Regeln des hl. Benedikt.

So wurde Spee's Besuch zu einer Fülle des reichsten
Segens.

Als er bald darauf in das nahgelegene Falkenhagen
gesandt wurde, blieb er doch noch fortwährend in vertrau=
tem Verkehr mit den Mönchen von Corvei. Sie hatten den
bemüthigen und seeleneifrigen Jesuiten lieb gewonnen und
vergaßen nicht das große Gnadengeschenk, welches ihnen
durch seine Vermittelung zu Theil geworden war.
Das ist das große Geheimniß der Liebe.

VI.

Die Trutznachtigall.

Unweit von Corvei liegt das Dörfchen Falkenhagen
in stiller Einsamkeit, rings von Berg und Wald umgeben.
Es verdankte einem Kloster seinen Ursprung. Die Kreuz=
herren hatten sich vor Jahren dort niedergelassen, das Land
bebaut und urbar gemacht und lange Zeit hindurch den
umliegenden Weilern die Werke leiblicher und geistlicher
Barmherzigkeit gespendet. Als aber die Reformation herein=
brach, stand das Kloster nicht mehr in der früheren Blüthe,
die Ordenszucht war gelockert und zerfallen. Das neue
Evangelium bot einen willkommenen Vorwand, dem freieren
Leben Thor und Thür zu öffnen; im Jahre 1586 aposta=
sirten die Mönche bis auf zwei oder drei Ausnahmen, die
in den Pfarrklerus übergingen. Die Güter und Waldun=
gen wurden durch richterlichen Spruch zwischen dem Gra=
fen zur Lippe und dem Fürstbischof Theodor von Pader=
born getheilt. Im Jahre 1607 übermachte der Fürstbischof
seinen Antheil den Jesuiten mit der Bedingung, den Pfarr=
gottesdienst hier und in den umliegenden Ortschaften zu

verseben. Papst Paul V. bestätigte durch eine Bulle die Schenkung, und auch der Kaiser gab seine Einwilligung. Doch kurz nach der Einführung mußten die neuen Besitzer der Waffengewalt des lutherischen Grafen zur Lippe weichen und das Kloster räumen. Erst im Jahre 1626 gelang es ihnen durch kaiserliche Vermittelung, ihre Rechte mit Erfolg geltend zu machen; Montag den 14. September auf Kreuzerhöhung zogen zwei Patres in die Ruinen des Klosters ein, das von da an zu einer beständigen Residenz erhoben wurde[1].

An diesen Ort begab sich Friedrich Spee, nachdem er die heiligen Exercitien in Corvei beendet hatte. Er sollte nach dem Willen seiner Obern in dieser Waldesfrische die noch schwankende Gesundheit kräftigen und stärken. Aber die Liebe zu den Seelen galt ihm höher als die Liebe zu dem hinfälligen Körper. „Da ich an einem lieben Abend,“ erzählt er in dem güldenen Tugendbuche, „das Leiden Christi betrachtete und aus Mitleid sehr weinte, fragte ich meinen Herrn, welches Wort aus seinem ganzen Leiden mich am Stärksten bewegen solle? Und er antwortete: „„Das Wörtchen Sitio, mich dürstet — denn es durchdringet Leib und Seele, weil ich nicht allein dem Leibe nach, sondern auch innerlich an der Seele gedürstet habe nach dem Heile der Menschen““[2]. Die Gegend ringsum gab dem Ordensmanne Gelegenheit, dieser Mahnung seines Erlösers Folge zu leisten, denn fast alle Ortschaften waren von der Irrlehre angesteckt. Und so sehen wir ihn wirklich trotz der Schwäche seines Körpers und der Nachwehen seiner

---

[1] Vergl. Schaten: Ann. Paderb. tom. III, lib. XXIII, p. 582 und 689.

[2] Güldenes Tugendbuch. Bd. II. S. 130.

ausgestandenen Leiden mit dem größten Eifer sich abermals dem Dienste seines Nächsten weihen. Auf seinen Spazier= gängen eilte er von Dorf zu Dorf, besuchte die Kranken, unterrichtete die Verirrten, tröstete die Nothleidenden und spendete allen Worte des Trostes und des Mitleids.

In dieser Einsamkeit erinnerte er sich auch wieder der unglücklichen Schlachtopfer von Würzburg und Bamberg. Vielleicht, daß die Gluth der Scheiterhaufen, die gerade zu dieser Zeit im Paderbornischen flammten, solche Gedanken in ihm weckten. Zudem fühlte er, daß sein Tod nicht mehr ferne sei, und es drängte ihn mehr als je, das Loos der armen Wesen zu lindern. Spee hatte nämlich bislang das Manuscript der cautio criminalis nur vertrauten Freun= den geliehen, weil er noch immer dessen Veröffentlichung durch den Druck scheute. Jetzt nahm er von neuem das Buch vor, überarbeitete und vollendete es, aber gleichwohl konnte er sich noch nicht zum Drucke entschließen. Aber= mals theilte er die neue Bearbeitung einem Freunde mit, der sich nicht lange besann und ohne Spee's Mitwissen das Werk in Rinteln 1631 erscheinen ließ. Der Schritt war gethan, Spee hatte nichts dagegen und seine Obern noch weniger. Wir möchten vielmehr vermuthen, daß sie vollkommen damit einverstanden waren, weil innerhalb der Gesellschaft Spee allgemein als Verfasser der cautio be= kannt und genannt war, und man mit wenigen Ausnahmen das Buch lobte und hochschätzte. Wohl aber hat Spee in seiner Demuth nie geahnt, daß dieses Werk seinen Ruhm und seinen Muth für alle Zeiten verkündigen werde.

Die alten deutschen Meister der Malerei pflegten ihre Bilder auf Goldgrund auszuführen, damit sie sich in ihrer ganzen Reinheit abheben und den Blicken der frommen Be= schauer entgegentreten könnten. Statt aller Staffage ist ge=

wöhnlich ein Teppich der schönsten Frühlingsblüthen unter
die Füße der Heiligen gelegt, gleichsam ein Symbol ihrer
frischen Tugenden. Das Bild des ehrwürdigen P. Spee
hebt sich gleichfalls von einem solchen Goldgrunde mit lichter
Klarheit ab — dem Goldgrunde der Liebe. Und auch die
Blüthen fehlen nicht; sie grünten und sproßten in seinem
Herzen als Blumen der Liebe und Andacht und hauchten
ihren Duft in Liedern aus, die trotz den Tönen der Nachtigall in wunderlieblichen Weisen zum Lobe des Allerhöchsten erklingen.

Die meisten Lieder der „Trutznachtigall" mögen wohl
in dem einsamen Falkenhagen entstanden sein. Durch sie
ist Spee ein Vorkämpfer geworden für das ächte christliche
Element deutscher Dichtung. Er ist im wahrsten Sinne
ein „heiliger Sänger", der, von der Welt geschieden, nur
dem Himmlischen lebt. Nicht um irdische Ehre und irdi-
schen Ruhm weiht er die Stunden seiner Muße dieser
Kunst, sondern einzig und allein, „daß Gott auch in deutscher
Sprach' seine Poeten hätte, die sein Lob und Namen singen
und verkünden könnten; und also deren Menschen Herz,
so es lesen oder hören werden, in Gott und göttlichen
Sachen ein G'nügen und Frohlocken schöpfen"[1]. Der innerste
Lebensberuf drängte den frommen Priester zum Dichten,
und die Gestaltenfülle seiner tiefen Phantasie goß sich unwillkürlich in die knappe Form des Verses. Gerade hierin
liegt das entscheidende Merkmal seiner Poesie den übrigen
Dichtungen des 17. Jahrhunderts gegenüber. Bei ihm
herrschte ungezwungene, volle Freiheit, bei jenen meist eine
sklavische Nachahmung der Franzosen und Italiener und
ein pedantisches Festkleben an buntem Flitter und leerem

---

[1] Einleitung zur Trutznachtigall. Nro. 3.

Schnörkelwesen. Die Trutznachtigall ist in der That eine reichduftende, feurige Waldblume inmitten eines Ziergartens der Renaissanceperiode, voll zugestutzter Hecken und Stauden, auf denen der kalte, drückende Reif des Morgens liegt.

Fragen wir nun nach der Quelle, woraus die Lieder flossen, so müssen wir wiederum antworten: aus der Liebe. — Liebe soll ja überhaupt das beflügelnde Element der Kunst, zumal der Dichtkunst sein. Bei Spee war sie es wirklich. Er trank mit vollen Zügen aus dem Borne der Gottesliebe, und in Folge dieses Trankes ging ein fast hymnenartiger Gedankenschwung, eine wunderbare Auffassung der Welt und der Natur und eine kindliche Anmuth und Innigkeit des Gefühles in seine Dichtungen über. Mit den Trauerliedern der heiligen Maria Magdalena, die er in der Waldeinsamkeit klagend findet, will er seine Stimme vereinen:

„Mit ihr will ich nun singen
Den lieben Gottessohn:
Mehr Lust wird es mir bringen
Als aller Weltenton.

All' meine Freud verborgen
In Jesu Seiten liegt,
Da find' ich heut und morgen
Noch manches rein Gedicht.

Mein Harf', so ich will schlagen,
Mein Geig' und Zithersang,
Mein Lied in Freudenlagen,
Mein Laut und Psalterklang:
Soll sein als lang ich lebe:
Kreuz, Nägel, Speer und Blut —
Bis ich mein Seel' aufgebe,
Bleibt mir wohl solcher Muth" [1].

---

[1] Trutznachtigall. S. 99.

So hatte sich Spee auf den allgemeinsten und den im Christenthum einzig richtigen Standpunkt des Lebens und aller menschlichen Thätigkeiten, somit auch der Dichtkunst, gestellt. Diese christliche Weltanschauung ist die Warte, von welcher herab der wahre Künstler die Erde betrachten muß. Alles Irdische soll für ihn in dem Reflexe des Ewigen widerstrahlen. Und ebenso liegt ihm der heilige Beruf ob, die höchsten, wir möchten sagen göttlichen Ideen dem Menschenauge zu vermitteln, sie in ihrem ganzen Um= fang zur Erscheinung zu bringen — mit einem Worte ein „Vates" zu sein, der sich hinaufschwingt zu dem Throne des Allerhöchsten und in symbolischen Bildern der erstaunten Welt das Geschaute verkündet.

Ist der Künstler von diesen geläuterten christlichen An= schauungen durchdrungen und geführt, dann wird sich in ihm unwillkürlich ein Gefühl des Schmerzes entwickeln, eine heilige Trauer über den Vergang der Erdenschönheit, ein Mitleben mit ihrem Schwinden und Sterben und eine unnennbare Sehnsucht nach dem fernen ewigen Heimath= lande. Herrlich finden wir diese Klage in den Liedern der Trutznachtigall niedergelegt. Spee trauert über die Blume, welche so selig auf ihrem Stiele schwankt und vielleicht schon von der Mittagssonne geknickt wird, er trauert über die wunderbare Pracht der Erdenwelt, die „wie Rauch und Duft im weiten Raume verfließt", die wie die Kerze sich selbst verzehrt:

> „Als wie die schön gezündte Kerz'
> Sich selber muß verzehren,
> Weil aus ihr selbst das brennend Herz
> Sich selber muß ernähren:
> Also verzehrt sich alles gleich
> Auf dieser Welt geschwinde;

Da fließt es her in einem Streich —
Die Kerze steht im Winde"[1].

Aber dieser Gedanke an Hinfälligkeit und Tod erinnert
ihn an jene Liebe, welche ewig dauert. Nur sie vermag
die verborgenen Saiten seines Herzens anzuschlagen, daß
sie in lieblichen Weisen ertönen. Eine heilige Sehnsucht
ergreift ihn, wie den „Wandersmann, der, von langer
Reise ermattet, einen schattigen Ruheplatz herbeiwünscht."
Die Welt kann ihn nicht mehr erfreuen, denn er ist ihrer
„längst schon müde"; was nützt ihm der „Glanz der tau=
send Sterne" am nächtlichen Himmel und was die „Pracht
der aufgehenden Morgenröthe?" Alle diese Schönheiten
haben nur dann einen Werth für ihn, wenn sie in tau=
sendfältigen Stimmen die Wunder Gottes feiern. „Ach,
ach! könnte ich doch nur alle Blätter der Bäume, alle
Sandkörnlein des Meeres, alle Sterne des Himmels in
lauter Zithern und Harfen verwandeln, die von sich selber
spielen und fliegen könnten! Sie müßten mir geschwind
alle Himmel durchfliegen, auf das Allersüßeste singen, klin=
gen, musiciren und die unaussprechliche Barmherzigkeit und
Güte Gottes immerdar preisen." Und so ergeht denn
seine Mahnung an die Wesen der Natur. Er ist ja selbst,
wie Milton in seinem „Penseroso" auch von Shakespeare
sagt, ein „Kind der Natur"; er besitzt jenes warme, glü=
hende Gefühl, welches in einer jeden wahren Dichterbrust
ruht und nicht erzwungen, sondern angeboren ist. Red=
selig plaudert er von der erwachenden Frühlingszeit, wenn
der „trübe Winter vorbei ist, der Kranich wiederkehrt,
und die Bäche frisch und munter durch die grünen Thäler

---

[1] Trutznachtigall. S. 384.

gehen." Die Nachtigallen fangen zu schlagen an, aber er thut es ihnen zuvor im hellen Liederklange:

„Eja, laß uns nun spazieren
Jesu, Vielgeliebter mein,
Weil die Gärten neu sich zieren,
Weil die Blümlein offen sein ;
Weil die grünen Wiesen lachen,
Weil die Pflanzen voller Zweig,
Weil die Vögel Nester machen,
Kinderbettlein zart und weich.

Schau, die reinen Blümlein springen
Hoch in leere Luft hinein,
Schau, die zarten Vöglein fingen,
Wunder, wunderfüß und rein.
Schau, die Bächlein lieblich saufen.
Klar wie lauter Silberschein,
Schau, wie Bienen ernstlich hausen,
Rauben, klauben Honig ein" [1].

Alle Geschöpfe ruft er zu Gottes Lob herbei: die Sonne mit ihrem Sternenkranz, Ströme und Bäche und all' die tausend Blumen; von Herzen sollen sie mit ihm singen, denn „der Schöpfer will gelobet sein."

Es ist das „Benedicite" der drei Jünglinge im Feuer= ofen, welches Spee in mehreren aufeinanderfolgenden Ge= dichten niederlegt.

Doch mitten in dem Jubel ergreift ihn plötzlich tiefe Trauer. Er denkt an seinen Bräutigam und an das hoch= erhabene Geheimniß, welches ehedem in dieser schönen Natur sich verwirklicht und die ganze Erde neu entsühnet hat. Deßhalb führt er uns hin nach Bethlehem zu dem neuge= borenen Kinde, das arm und kalt in der nackten Krippe liegt.

---

[1] Trußnachtigall. S. 103.

Mit den Hirten bringt er der Gottesarmuth seine Ga=
ben dar, vor allem das eigene Herz. In den Geschenken,
welche Spee der Reihe nach aufzählt, liegt tiefer Sinn ver=
borgen. Das schneeweiße Lamm hat einen rothen Fleck an
der Seite — die Herzenswunde unseres Erlösers; die Füße
sind gefesselt, denn wie ein Lamm wurde er zur Schlacht=
bank geführt; die Turteltauben seufzen und wer weiß, was
Leid sie rühret, was Lieb' und Herzenspein!

Wir wollen hier nicht auf alle Gaben eingehen; denn
die kindliche Seele des Dichters hat offenbar des Guten zu
viel gethan, so daß unser heutiger überkluger Geschmack sich
nicht in seine Denkungsart hineinfinden kann. Nur des
Hirtenstabes erwähnen wir noch, weil gleich im folgen=
den Gedichte der Gottessohn als guter Hirte das ver=
lorene Schäflein aufsuchen geht. Durch Dornen und Ge=
klüfte folgt er ihm nach, bis er es am Kreuzesstamm
findet.

Der Leidensweg zur Entsühnung der Menschheit beginnt.
Ernst und feierlich führt uns der Dichter in den Oelgar=
ten ein, wo der Erlöser in „Thränenfluth, in Todesangst"
auf der Erde liegt, ringend mit seinem himmlischen Vater.
In einem tiefsinnigen Trauergesang, einem der schönsten,
den Spee gedichtet hat, tönt der Gottmensch seine Klagen
aus:

> „Bei stiller Nacht zur ersten Wacht,
> Ein Stimm' sich gunnt zu klagen;
> Ich nahm in Acht, was die doch sagt,
> That hin mit Augen schlagen.

> Ein junges Blut, von Sitten gut,
> Alleinig, ohn' Gefährten,
> In großer Noth, fast halber todt,
> Im Garten lag auf Erden.

Es war der liebe Gottessohn,
Sein Haupt er hatt in Armen,
Viel weiß= und bleicher, dann der Mon,
Ein Stein möcht' es erbarmen.

„Ach, Vater, liebster Vater mein,
Und muß den Kelch ich trinken,
Und mag's dann ja nicht anders sein —
Mein Seel nicht laß versinken".

„„Ach, liebes Kind, trink' aus geschwind,
Dir's laß in Treuen sagen:
Sei wohlgesinnt, bald überwind',
Den Handel mußt du wagen!""

„Ach, Vater mein, kann es nicht sein
Und muß ich's je dann wagen;
Will trinken rein den Kelch allein,
Kann dir's ja nicht versagen.

„Doch Sinn und Muth erschrecken thut,
Soll ich mein Leben lassen;
O bitter Tod! mein' Angst und Noth
Ist über alle Maßen.

„Maria zart, jungfräulich Art,
Sollt du mein' Schmerzen wissen,
Mein Leiden hart zu dieser Fahrt;
Dein Herz wär' schon zerrissen!

„Ach, Mutter mein, bin ja kein Stein,
Das Herz mir dürft zerspringen;
Sehr große Pein muß nehmen ein,
Mit Tod und Marter ringen.

„Abe, abe, zu guter Nacht,
Maria, Mutter milbe!
Ist Niemand, der dann mit mir wacht
In dieser Wüsten wilde?

„Ein Kreuz mir vor den Augen schwebt,
O weh, der Pein und Schmerzen!
Dran soll ich morgen werd'n erhebt,
Das greifet mir zu Herzen.

„Viel Ruthen, Geißel, Scorpion'
In meinen Ohren sausen;
Auch kommt mir vor ein' dörnen Kron',
O Gott, wem wollt' nicht grausen!

„Zu Gott ich hab' gerufen zwar
Aus tiefen Todesbanden,
Dennoch ich bleib' verlassen gar,
Nicht Hülf' noch Trost vorhanden.

„Der schöne Mon will untergahn,
Für Leib nicht mehr mag scheinen;
Die Sterne lah'n ihr Glitzen stahn,
Mit mir sie wollen weinen.

„Kein Vogelsang, noch Freudenklang
Man höret in den Lüften,
Die wilden Thier' trau'n auch mit mir
In Steinen und in Klüften."

Der Heiland muß den Kelch trinken; er wird von
seinem Jünger verrathen und von rohen Henkersknechten
gefangen. Da trauert die ganze Natur über den Gottes-
mord; der Mond fordert seine Heerde zur Klage auf über
den Seelenhirten, und die Sternlein lassen ihre „Thränen
mit den Strahlen zusammenfließen, daß eine neue Bahn
am Himmel entsteht, Milchstraße genannt" (S. 215). Selbst
der Bach Cedron stimmt in den Jammer ein, weil der
Fuß des Erlösers ihn nicht mehr durchschreiten wird. Jesus Christus wird von Ruthen zerrissen, und aus „tausend
Wunden fließt sein Blut;" er wird gekrönt, mit dem Kreuze
belastet und muß nach Golgatha wandern. Dort hängt

er zwischen Himmel und Erde am Schandpfahle und spricht
die sieben Worte. Die ganze Schöpfung schweigt, und nur
die Klagen der Mutter werden gehört. Auch diese ver=
stummen; und nun tritt die sündige Menschenseele zum
Kreuze heran. In den Wunden des Erlösers will sie Hei=
lung für ihre eigenen Seelenwunden finden; sein heiligstes
Blut soll sie entsühnen und reinigen, vor allem aber bittet sie
um Einlaß in die Herzenswunde Jesu Christi, „bei ihr
sterben und erwerben hofft sie wahren Fried' und Ruh."
Während die Seele noch am Kreuze liebend klagt, er=
klingt plötzlich der Freudenruf: „Christus ist erstanden";
er tönet durch die ganze weite Welt, alle Wesen wachen
wie aus einem tiefen Schlummer auf, und in den Aufer=
stehungstriumph mischt sich der Jubel und das Jauchzen der
Natur:

> „Gelobt sei Gott, Gott Sabaoth,
> Sing, tausendmal alleine,
> Gelobt sei Gott, Gott Sabaoth,
> Noch tausendmal alleine,
> Und dann noch tausend tausendmal,
> Gott Sabaoth alleine."

Mit einem Preisgesang hat Spee seine Wanderfahrt
begonnen, mit einer Jubelhymne schließt er sie. Es ist die
Tragödie des Christenthums, welche er uns in der Trutz=
nachtigall vergegenwärtigt. Die ganze Welt bildet den
Schauplatz; alle Wesen nehmen daran Theil; der Held ist
der Schöpfer selbst, der eingeborene Sohn Gottes, der in
dem Kampfe gegen das Böse scheinbar untergeht, aber mit
dem glorreichen Rufe: „Hölle, wo ist dein Sieg? Tod,
wo ist dein Stachel?" in den Himmel fährt, für die ganze
Menschheit Besitz ergreifend von der glückseligen Ewigkeit,
dem Ende dieser Zeit.

Nach einem neuen Aesthetiker gebührt dem Künstler der Vorzug, ein Genius zu sein, welcher in die alternde Welt mit frischem, schöpferischem Hauche tritt und mit seinem Zauberstabe Ungeahntes hebt und dem Menschen offenbart. Carriere zählt als Eigenschaften des Genie's den mächtigen Schwung der Phantasie, die Tiefe des religiösen Gefühles, die Schärfe des Verstandes und die unbeugsame Kraft des Charakters auf. „Er hätte," sagt Eckardt, „auch die Bescheidenheit des ächten Genius, das Naive und Kindliche desselben, die hohe Wahrheitsliebe, den eisernen Fleiß, die heitere Ruhe und Besonnenheit erwähnen können, zum Theil Eigenschaften, die die Volksanschauung in Folge einer Verwechselung des Genie's mit dem fragmentarischen Genie dem ersten eher abzusprechen geneigt ist" [1].

Wenn dieses sich so verhält, dann dürfen wir den Dichtungen des P. Spee wohl nicht alle Genialität ableugnen wollen. In eine schlaffe und nicht bloß alternde, sondern zerrüttete Welt griff er ein; und wie in all' seinen Handlungen, so offenbarte er auch in der Poesie die in ihm ruhende Gotteskraft. Unabhängig von allen Dichterschulen damaliger Zeit, schuf er so farbenreiche, erhabene, gehaltvolle und doch duftende kindliche Lieder, daß er mit Recht in der Reihe unserer ersten Dichter glänzt. Damit stimmen die namhaftesten Literarhistoriker überein. „Friedrich von Spee," sagt Gruppe, „ist eine Feldblume unter den im Gartenbeet gezogenen, gleichsam die wilde Rose unter all' dem Flor der holländischen Zwiebeln, eine Art Eichendorff unter den Dichtern des 17. Jahrhunderts. Sein Gesang ist der eines freien Waldvögeleins unter den eingefangenen und abgerichteten, er wurzelt mit seiner ganzen An-

---

[1] Eckardt: Vorschule der Aesthetik. Bd. I. S. 65.

schauung in einer längst vergangenen Zeit, er ist eine Stimme, wie aus einem ganz andern Jahrhundert und er hat noch Zusammenhänge mit Klängen alter Volkspoesie, welche für die Kunstpoeten längst bis auf die letzte Spur verloren waren. Wir finden bei ihm die Töne des Minnesangs wieder und die volle Kindlichkeit alter Volksdichtung, er weiß nichts von den Griechen und Ausländern, die ganze neue Bildung ist für ihn nicht vorhanden, und so spricht er auch eine ganz andere Sprache, ein ganz anderes Deutsch."

Zwar hat Spee auch seine Fehler; oft gehen seine Gedanken in Tändeln und Spielen über, oder die Allegorie stört die Fülle und Reinheit der Gedanken. „Aber," sagt Heinrich Kurz, „die Liebe, das Prinzip seiner Dichtungen, und sein Versenken in die Anschauung Gottes war bei ihm so zur vollen Wahrheit geworden, daß wir dieselbe auch da noch erkennen, wo er spielend und tändelnd wird. Er schraubt sich niemals auch zu den gewagtesten Bildern und Vergleichen hinauf, vielmehr strömen sie ungesucht und unbewußt aus seiner liebeglühenden Seele hervor."

Eichendorff seinerseits bemerkt in Bezug auf Vorwürfe, welche man zuweilen den Gedichten Spee's zu machen pflegt: „es ist nur durch Mangel an lebendigem Naturgefühl erklärlich, daß diese herzlichen Naturlaute jemals mit der faden Lämmelei, das Kindliche mit dem Kindischen der Pietisten verwechselt werden konnte."

Diese Bemerkungen führen uns auf ein anderes Moment in der Trutznachtigall, das wir noch kurz betrachten müssen. Nicht Gehalt allein macht ein Gedicht zum Kunstwerke. Geibel sagt:

„Fließend Wasser ist der Gedanke,
Aber durch die Kunst gebannt

In der Form gebiegene Schranke,
Wird er blitzender Demant."

Es fragt sich daher, wie ist es mit dieser formellen Seite in Spee's Dichtungen bestellt? Wenn wir über die Formvollendung der Trutznachtigall urtheilen wollen, so dürfen wir keineswegs unseren heutigen Maßstab anlegen. Wir haben so viele Hülfsmittel, Muster und Anleitung, daß es eben keine große Kunst ist, sich in unseren Tagen eine glatte Sprache anzueignen, oder gar ein Bändchen Gedichte zu schreiben. Der Büchermarkt und die Bücher= schau liefern einen schlagenden Beweis hiefür, und ein wirklicher Poet hat es gesagt:

„Weil ein Vers dir gelingt in einer gebildeten Sprache,
Die für dich dichtet und denkt, glaubst du schon Dichter zu sein."

Anders war es zu Spee's Zeiten der Fall. Unsere Muttersprache war damals tief gesunken und verfallen. Diejenigen, welche sie pflegen sollten, gaben sie der Ver= achtung Preis. Die Gelehrten sprachen und schrieben La= teinisch, und die Unterhaltung wurde von den Gebildeten fast nur in französischer Sprache geführt. Wer noch Deutsch schrieb oder sprach, mischte so viele Fremdwörter ein, daß das Resultat einem bunten Teppich aller Idiome glich. Hatte demgemäß schon die Prosa ihre Schwierigkeiten, so galt dieß doch ganz besonders bei der Poesie. Der Vers= bau war vollständig aus Rand und Band; die Silben wurden schlechthin, wie heute bei den Franzosen, gezählt, und der Rhythmus der deutschen Sprache ging gänzlich ver= loren. Großes Verdienst gebührt somit allen, welche zu= erst wieder auf den Unterschied zwischen betonten und tonlosen Silben hinwiesen und feste Regeln und Gesetze für den Versbau aufstellten. Opitz hat dieses gethan —

aber auch Friedrich von Spee. Und während ersterer mit
dem Guten, das er darbot, andere Vorschriften aufwarf,
die verderblich für die Entwickelung der Poesie wirkten,
hat Spee sich mit dem Nothwendigen und Richtigen be=
gnügt und durch die That mehr genützt, als sein Mit=
kämpfer. Einer reinen Aussprache „wohl und recht reden=
der Deutschen" glaubt er es abgelauscht zu haben, daß
unsere Sprache sich nach trochäischen und besonders iambi=
schen Versen fügen lasse, die er daher auch allein in seinen
Gedichten anwendet. Von der Beobachtung dieser Eigen=
thümlichkeit „entsteht die Lieblichkeit aller Reimverse,
welche sonsten gar ungeschliffen lauten; und weiß Mancher
nicht, warumb sonst etliche Vers so ungeformbt lauten:
weil nämlich der Autor kein Acht hat geben auf den
Accent"[1].

Die Strenge, mit welcher sich Spee an die Regeln des
Accentes band, ist ein Beweis für seine Meisterschaft in
Handhabung der Sprache. Er triumphirte über alle Hin=
dernisse, und es ist wunderbar, zu welchem Reichthum in
Worten und zu welcher Fülle des Reimes er es gebracht
hat. Wenige Härten und wenige barocke Ausdrücke abge=
rechnet, strömt seine Sprache dahin in sanfter und fließen=
der Ruhe und von dem angenehmsten Wohllaut begleitet.
Wir fragen erstaunt, wie Spee zu einer solchen Form=
vollendung gelangte? In der Vorrede zur Trutznachtigall
sagte er: „Und zwar die deutschen Wörter betreffend, solle
sich der Leser sicher darauf verlassen, daß keines passiret
worden, so sich nicht bei guten Autoren findet, oder bei
guten Deutschen gebräuchlich seie"[2]. Welches aber sind

---

[1] Einleitung zur Trutznachtigall. Nr. 7.
[2] Ebend. Nr. 4.

diese guten Autoren? Vor allem werden es die Verfasser der alten katholischen Kirchengesänge gewesen sein, auf denen Spee fußt. Viele seiner Gedichte, wie z. B. „Manche Stunden Jesu Wunden," „Thu' auf, thu' auf, du schönes Blut," „Vom Kindlein neu geboren," klingen geradezu an den Ton des Kirchenliedes an. Denn, daß auch schon vor Luthers Zeit das Volk in den Kirchen und bei öffent= lichen religiösen Feierlichkeiten deutsche Lieder sang, wird nicht mehr bezweifelt. Sagt doch selbst Melanchthon: „Wiewohl an etlichen Orten mehr, an etlichen weniger deutsche Gesänge gesungen werden, hat doch in allen Kir= chen je etwas das Volk Deutsch gesungen — darumb ist's so neu nicht." Auch haben wir in der That alte Weisen, welche bis in's 12. und 13. Jahrhundert zurückreichen. Um die Mitte des 16. Jahrhunderts tauchten schon ganze Liederbücher auf, so dasjenige von dem Predigermönch Michael Vehe 1537 und von Leisentritt 1567. Spee muß diese Gesangbücher gekannt haben, und da sie zumeist die alten katholischen Gesänge aus der früheren besseren Zeit unserer Sprache aufgenommen hatten, wurde er durch sie in Ton und Form des ächten geistlichen Liedes eingeführt. Wirklich spricht auch hiefür der reiche Strophenbau, den kein anderer Dichter seiner Zeit mit ihm gemein hat. Fast werden wir durch seine Reimverschlingungen an die künst= liche Form der Minnesänger erinnert, mit denen er gleich= falls in dem tiefsinnigen Naturgefühl, der Anmuth und Weichheit wetteifert. Irren wir nicht, so möchten wir ihm besonders eine genaue Bekanntschaft mit den deutschen Pre= digern und Mystikern zuschreiben. Gerade in die Prosa= werke und zumal in die Schriften dieser Männer hatte sich die deutsche Sprache geflüchtet und trat dort mit einer nicht zu verachtenden Gewandtheit und Geschmeidigkeit auf.

Ein herzlicher Klang und ein voller weicher Bau der Sätze tönt uns hier entgegen, so daß sich diese Schriftsteller wohl mit denen des 16. und 17. Jahrhunderts messen können. Der Styl des Heinrich Suso, sagt Vilmar, gehört mit zu dem Wohlklingendsten, Geschmeidigsten und Gebildetsten, was die ganze Zeit von 1300 bis 1517 aufzuweisen hat. Alle diese Werke waren gleich nach der Erfindung der Buchdruckerkunst veröffentlicht worden und vielfach verbreitet. Es ist somit kein Widerspruch, wenn wir Spee als mit ihnen bekannt annehmen, zumal sich besonders in den Parabeln des güldenen Tugendbuchs, sowohl in den Gedanken, als in der Ausführung, ungemein viele Anklänge an Tauler und Suso finden.

Dieses mögen wohl die guten Autoren gewesen sein, von denen der Dichter spricht. Oder kannte er auch die Limburger Chronik mit den darin enthaltenen Bruchstücken so mancher Volkslieder? Wenigstens wurde dieselbe zu seiner Zeit, im Jahre 1619, von Faust in Aschaffenburg durch den Druck herausgegeben. Anderseits möchten die abgebrochenen, rhapsodisch hingeworfenen Momente vieler seiner Lieder, das Hineinwerfen in die Scene und die einfachen und dennoch starken Töne vielleicht eine solche Annahme rechtfertigen.

Aber trotz diesen urdeutschen Klängen verräth sich doch auch zuweilen die Bekanntschaft unseres Dichters mit den classischen Autoren des Alterthums. Was übrigens Spee von ihnen mit herübergenommen hat, ist gerade unserem heutigen Geschmack am wenigsten zusagend. Wir meinen hauptsächlich die Form der Eklogen und Hirtengedichte. Spee ist dafür zu entschuldigen; Virgil war in jener Zeit ein Gegenstand der höchsten Bewunderung; in allen Schulen, besonders in der Klasse der sogenannten

„Humaniora", mußten die Schüler nach dem Vorbilde des Schwanes von Mantua lateinische Verse schmieden. Ge= wisse patriarchalische Stoffe des alten Testaments, Joseph und seine Brüder, der Hirtenknabe David und vor allem die Geburt des göttlichen Kindes, lieferten die Motive zu diesen Uebungen. Es ist wohl möglich, daß diese Form den kindlich naiven Sinn Spee's bestach und daß sie ihm daher am passendsten erschien, als er ähnliche Stoffe auch in deutscher Sprache behandelte.

Was schließlich den Gebrauch des Dialektes betrifft, welchen Spee vielfach verwerthet hat, so spricht dieß für seinen dichterischen Scharfsinn. Der Dialekt enthält oft einen Reichthum an treffenden Ausdrücken und hochpoeti= schen Bildungsformen, wie sie die feinere Sprache nicht besitzt. Deßhalb haben auch die größten Meister manchem Worte aus dem Schatze des Volkes das Bürgerrecht in ihren Schriften verstattet, so Dante, Shakespeare, Göthe und selbst Schiller. Nur hat Spee nie diesen Einfluß auf die Entwickelung der Sprache erlangt, und daher erscheint uns jetzt manches in seinen Dichtungen als veraltet. Auch möchten durch gewisse provinzielle Wendungen und selbst durch einzelne fehlerhafte Reime Spee's Lieder solchen Ohren, die mit dem Charakter älterer Dichtungen nicht vertraut sind, weniger zusagen. Wer sich aber über diese Mängel hinwegsetzen kann, den werden diese Gedichte mehr befrie= bigen, als viele der glatten Reimpaare unserer Zeit. Spee's Jahrhundert hat wenigstens keinen Poeten aufzuweisen, der, Angelus Silesius ausgenommen, ihm würdig an der Seite stünde.

Die Trutznachtigall erschien erst nach dem Tode ihres Verfassers 1649, obgleich er sie für den Druck bestimmt hatte. Ob der Tod ihn zu früh hinwegraffte, oder ob die

Veröffentlichung deutscher Poesieen dazumal, wo man nur lateinisch zu dichten pflegte, eine zu außergewöhnliche Sache dünkte — auf diese Fragen vermögen wir keine Antwort zu geben. Was auch immer der Grund dieser Zögerung gewesen sein mag, dem Ruhme des Dichters hat sie nicht geschadet. Viele seiner Lieder gingen in das Volk und werden noch heute gesungen. Die Trutznachtigall selbst er= lebte manche Auflagen bis in die Mitte des vorigen Jahr= hunderts. Dann machten sich andere Bestrebungen geltend, und Friedrich Spee sank in Vergessenheit.

Die Romantiker haben das Verdienst, zuerst wieder auf ihn aufmerksam gemacht zu haben. Besonders fühlte sich Clemens Brentano von der Trutznachtigall angezogen. Er war ja selbst ein so tiefes kindliches Gemüth, so innig fromm trotz aller Wirr= und Wanderfahrten seines bunten Lebens, und deßhalb schlug ihm auch aus Spee's deutschen Schriften ein verwandtes Herz entgegen. In jener Zeit, als er nach langem Ringen im Begriffe stand, den Frieden zu finden, und mächtig der Ruhe und Freudigkeit bedurfte, nahm er die Trutznachtigall zur Hand und gab sie in er= neuter Orthographie heraus (1817). Später veranstaltete er durch Fräulein Hertling in Coblenz auch eine Ausgabe des gülbenen Tugendbuches in hochdeutschem Gewand und bearbeitete selbst mit großem Fleiße die darin enthaltenen Gedichte.

So lange man von deutscher Dichtung spricht, wird der Verfasser der Trutznachtigall mit Ehren genannt. Es hat und wird sich erfüllen, was er selber ausgesprochen:

„So will ich hinterlassen
In meinem Testament
Ein Lieblein, schön ohn' Maßen,
Zu Gottes Lob ohn' End.

6*

Das wird noch lang erklingen,
Erklingen in meinem Sinn,
Es werden's andere singen,
Bin ich gleich längst dahin" [1].

VII.

Das güldene Tugendbuch.

Der Schwede war am 24. Juni 1630 auf Usedom gelandet, hatte im raschen Laufe den Norden erobert, die nordischen Fürsten sich dienstbar gemacht und durch die Niederlage Tilly's bei Breitenfeld seine Errungenschaften gesichert. Nun wollte er auf den Rath des Herzogs von Sachsen-Weimar in die Pfaffengasse eindringen, den Lauf des Maines erobern und sich dann am Rheinstrome festsetzen. Und als Würzburg eine schwedische Stadt geworben war (13. Oktober 1631), da kam der Herzog von Lauenburg Celle und bat um ein Bündniß mit Gustav Adolph. Dieser lächelte und sagte: „Schön! ein Dienst ist des andern werth." Da bat sich der Lüneburger das Eichsfeld aus. „Gut", sagte der Schwede, „ihr sollt es haben."

Aber er hatte schon dem Herzog Wilhelm von Weimar für seine reichsverrätherische Hülfe das Mainzische Eichsfeld versprochen. Indessen bewarb sich auch der Landgraf von Hessen-Kassel um dieses Gebiet, damit er für sein Heer Contributionen dort erheben könne. Ihm entgegnete Gustav Adolph: das sei für den Augenblick nicht gut möglich, da er den Strich selbst für die schwedische Reiterei brauche. Und so geschah es; plündernd überschwemmten die

---

[1] Güldenes Tugendbuch. Bd. II. S. 224.

schwedischen Truppen nicht nur das Eichsfeld, sondern auch die angrenzenden Gebiete. Wir vermuthen, daß auf dieses hin die wenigen Jesuiten in Falkenhagen sich der Gefahr durch die Flucht entzogen. Für vereinsamt wohnende Ordens= priester war ja nichts Gutes von der schwedischen Solda= teska zu erwarten. Spee begab sich nach Köln, der Stadt seiner Jugend und seiner schönsten und freudigsten Stun= ben. Dort docirte er zu Anfang des Jahres 1632 die Moraltheologie. Mit großem Lobe verwaltete er dieses neue Amt. P. Busenbaum, der Verfasser der bekannten medulla theologiae moralis, benutzte als Hauptquelle für sein Werk die Hefte unseres Spee, dessen Schüler er gewesen war. In der Einleitung bedauert er sehr, daß die Manu= scripte des hochverehrten Lehrers nicht im Drucke veröffent= licht worden seien, da sie mit außerordentlichem Scharfsinn verfaßt gewesen und Zeugniß abgelegt hätten von Spee's Erfahrung in der Seelenleitung.

Dafür verdankt ein anderes Werk Friedrichs dem Kölner Aufenthalt seine Entstehung. Er schrieb daselbst sein „gül= benes Tugenbbuch"[1] und machte einem seiner vielen Beichtkinder, bem noch jugendlichen Buchhändler Friessem, das Manuscript zum Geschenke. Es wurde in vielen hand= schriftlichen Exemplaren verbreitet, bis Friessem es im Jahre

---

[1] Der vollständige Titel heißt: Gülbenes Tugenbbuch, bas ist Werck und Uebung der dreyen Göttlichen Tugenden, beß Glaubens, Hoffnung, und Liebe. Allen Gottliebenden, anbächtigen, frommen Seelen: und sonderlich den Kloster= und anberen Geistlichen personen sehr nützlich zu gebrauchen. Durch den Ehrw. P. Friebericum Spee, Prie= stern der Gesellschaft Jesu. Cum Facultate et approbatione supe- riorum. Cöllen, in verlag Wilhelmi Friessems Buchhänb= lers, in der Trandgaß im Erßengel Gabriel. Im Jahre 1649. Cum gratia et privilegio Sac. Caes. Maj.

1643 auf einstimmiges Verlangen durch den Druck ver=
öffentlichte. In der Widmung an den „verstorbenen seligen
Vater, seinen vielgeliebten Patron im Himmel,“ sagt der
dankbare Freund: „Diese Deine Arbeit, Ehrwürdiger Vater,
wird nun überall durch das ganze deutsche Land so be=
gierig gesucht, so eifrig begehrt und schafft bei vielen gott=
seligen Christen so merklichen Nutzen. Wolle sie denn
auch, die von Dir so eifrig zu der Seelen Bekehrung ge=
meint war, von nun an sonderlich unter Deinen Schutz
nehmen“ [1].

Das Werkchen ist in der That so recht ein Spiegel des
seeleneifrigen und liebeglühenden Gemüthes unseres Ordens=
mannes. Es sollte eine Unterweisung sein über die drei
göttlichen Tugenden, Glaube, Hoffnung und Liebe, welche
den Inbegriff aller Vollkommenheit bilden. In Gesprächs=
form zwischen Beichtvater und Beichtkind abgefaßt, macht
es auf den Leser den Eindruck einer schlichten Unterhaltung,
bei der jedes Wort ungeschminkt aus dem tiefsten Herzens=
grunde strömt und voll und wahr wiederum zu Herzen
geht. In den Dialog sind zur Abwechslung Lieder einge=
woben, welche die erhöhte Gluth des Gefühles ausdrücken
sollen und thatsächlich ausdrücken. Dabei offenbart sich in
jedem Abschnitte Spee's gründliche theologische Wissenschaft,
so daß wir nicht wissen, ob wir mehr seine Kenntnisse
bewundern sollen, oder die Gewandtheit, mit welcher er die
schwierigsten Wahrheiten in einer einfachen und dem kind=
lichsten Gemüthe verständlichen Weise zu behandeln verstand.
Wer das gülbene Tugendbuch liest, wird sich unwillkür=
lich durch die Frische und Anmuth gefesselt fühlen und,

[1] Gülbenes Tugendbuch. Debication zu der Ausgabe vom Jahre
1656.

ohne es vielleicht zu wollen, zur innigsten Gottesliebe em=
porgehoben. In den Anweisungen zu der praktischen Uebung
der Tugenden ist die ganze Lehre der christlichen Ascese
enthalten, die Spee aber nur deßhalb so herrlich darlegen
konnte, weil er sie selbst in seinem Leben ausprägte. Dieses
Büchlein ist der Spiegel seines eigenen Wandels und für
seine Geistesrichtung die wichtigste Quelle. Da lernen wir
seinen festen, unerschütterlichen Glauben kennen, den er
gerne mit seinem Blute besiegelt hätte, dem allmächtigen
Gotte allein die Ehre gebend und muthig sprechend: Amen,
Amen, Amen[1]. Da offenbart sich seine Hoffnung und sein
felsenfestes Vertrauen in den größten Widerwärtigkeiten des
Lebens; da fühlen wir aus den sprühenden Worten sein
sehnsüchtiges Verlangen nach „der Stunde, in welcher er
ausruhen sollte von der Arbeit und eingehen in die Freu=
den seines Herrn"[2]. Da endlich erschließt sich uns das
Geheimniß seiner Gottes= und Nächstenliebe, die der Grund=
ton seines Lebens, der Ausgangspunkt und das Ziel all'
seiner Handlungen war. Wie sehr Spee den seinen Zeit=
genossen zusagenden Ton getroffen hatte, beweisen die zahl=
reichen Auflagen des Buches. Einzelne in der Geschmacks=
richtung der Zeit begründete Mängel, zumal eine gewisse
Weichheit der Empfindung abgerechnet, dürfte es auch noch
in unseren Tagen viele der beliebtesten Andachtsbücher
durch wahre Frömmigkeit und gesunde Andacht weit über=
treffen.

Mit den Vorzügen des Werkchens stimmt auch das
schöne Urtheil Dr. Hölschers überein. „Da ist vor allem
rühmlichst hervorzuheben," schreibt derselbe, „daß der Ver=

---

[1] Gülbenes Tugendbuch. Bd. I. S. 92.
[2] Gülbenes Tugendbuch. Bd. I. S. 208.

faffer den Fehler glücklich vermieden hat, der uns bei Büchern ähnlicher Art so oft begegnet, den hohlen Phrasengeklingels. Was Spee schreibt, das kommt ihm vom Herzen, das hat er selbst in sich durchlebt und empfunden. Wer ein so gefühlvolles, empfindungsreiches Herz hat, wie er, der hat nicht nöthig, zu Phrasen seine Zuflucht zu nehmen. Alle Sätze haben Sinn und Bedeutung; jeder Gedanke ist begründet und berechtigt, der eine ist durch den andern bedingt und gefordert, die einzelnen Betrachtungen stehen in logischem Zusammenhang, sie schließen sich natürlich und mit Nothwendigkeit aneinander an. Keine Betrachtung, keine Anmuthung, kein Ausruf ist unmotivirt. — Ein fernerer, verwandter Vorzug besteht in der Ursprünglichkeit und Neuheit der Gedanken. Auf die in keiner andern so häufig wie in der Erbauungsliteratur vorkommenden Gemeinplätze hat der Verfasser durchaus verzichtet. Jeder Gedanke ist neu und originell in der Erfindung, oder doch im Ausdruck. Daher kommt es denn auch, daß trotz dem uns nicht durchweg zusagenden Charakter der Darstellung doch ein gewisses Interesse durch die stets wechselnde Mannigfaltigkeit der eigenartigen Gedanken und Bilder wach gehalten wird. Daß unter denselben gar manche wirklich hohen poetischen Werth haben, braucht in Anbetracht der großen dichterischen Begabung des Verfassers wohl kaum noch besonders hervorgehoben zu werden. — Ganz bewunderungswürdig aber sind schließlich die Korrektheit und der Wohlklang der Sprache, die durchsichtige Klarheit des Styls, sowie die kindliche Treuherzigkeit und ergreifende Innigkeit des Tones, in dem der Verfasser zu uns redet. Diese Sprache versteht der Gebildete wie der Ungebildete, der Gelehrte wie der Bürger und Bauer. So mag denn das Buch wegen aller dieser Vorzüge immerhin gar manchen andern derselben Gattung entschieden den Rang streitig machen"[1].

Es gewährt einen schönen Blick in den Charakter des großen Leibnitz, daß auch er dieses Büchlein schätzte und liebte. Wiederholt empfahl er es seinen Freunden[2] und an Fräulein von Scudery schreibt er: „Der Kurfürst Johann Philipp von Mainz hat mir das „gülbene Tugend=buch" empfohlen, darin ich alles bewunderte, ausgenommen die deutschen Verse, deren wahrer Geschmack in der römi=schen Kirche noch unbekannt ist[3]. Doch habe ich es um der schönen und tiefsinnigen Gedanken, die es vortrefflich vorträgt, um auch die gemeinsten, weltversunkensten Seelen zu rühren, ungemein liebgewonnen"[4].

Aehnlich dachte der hochselige Bischof Sailer, welcher Brentano zur Herausgabe bewog. Wir theilen hier einen Abschnitt aus dem Büchlein mit, um die obigen Urtheile zu bekräftigen. Manches gläubige Herz würde wohl auch heute noch aus diesem letzten Werke Spee's Befriedigung und Erbauung schöpfen.

Eine Bision.

„Es führte mich letztmal ein guter Engel in einen fürstlichen, schön und herrlichen Palast, der mit den aller=köstlichsten Gemähl, Teppig, Gold, Silber, Edelgestein ber=

---

[1] Friedrich Spee von Langenfeld. Programm der Realschule zu Düsseldorf. 1871. S. 8.

[2] Bergl. Vincentii Placcii, Theatr. Anonymorum. Hamb. 1708, p. 233.

[3] Oder besser, Leibnitz war überhaupt mit der deutschen Poesie wenig vertraut, da gerade diese Verse jetzt allgemein bewundert werden.

[4] Feller: Monumenta inedita, Jenae 1718. Trimestre IV, Nr. 25. S. 254.

maßen geziert war und gleichsam leuchtete, daß ich nit an=
ders meinte, dann es müße ein Antritt oder Vorgemach
des Himmels fein.

Obenan, nach der Breite des Palastes, faßen zwölf
fürstliche Personen in lauter Purpur und Scharlach ge=
kleidet, ein Jeder auf einem faft königlichen Thron, hatten
alle in ihren Händen lauter gülbene, wohlklingende Harfen,
auf denen fie gar lieblich spielten. Unterbeffen aber liefen
auf und ab viel edle Ritter und allerhand Nation, gar
frembe Völker, die fich theils zu gemeldeten fürftlichen
Personen niederwarfen und ihnen hulbigten, theils auch
fich ganz widerspenftig erzeigten und ihnen einen Erbkrieg
anboten.

Da fragte ich meinen Engel, was diefes wäre, und
er antwortete mir, es wäre der Palaft der allgemeinen
chriftlichen Kirche Gottes, die zwölf fürftlichen Personen
aber die zwölf Apoftel Jefu Chrifti. Und ich freute mich
nit wenig, hörte fleißig auf, was fie dann spielen würden.

Und es fing der hl. Petrus an und schlug auf feiner
Harfe wie folgt:

Ich glaub' fo feft an einen Gott,
Von Ewigkeit allmächtig;
Verspei' der vielen Götzen Rott',
Von Stein, von Holz verächtig.
All' Kraft und Macht von Ewigkeit
Gott Vater hat alleine,
Sein ift allein all' Herrlichkeit,
Wer ift nun, der's verneine?

Da er aber alfo gespielt hatte, traten hervor eine mäch=
tige große Menge der Heiden und fchrieen überlaut, es
wären ihre Götter nit zu verwerfen, da müßte man fie
nit unkräftig schelten, fie wollten folche Schmach nit leiden.

Was dünket dich nun, mein liebes Kind? Halteſt du es mit dieſen Heiden, oder aber mit dem hl. Petro? Gib mir Antwort, und wann du es mit dem hl. Petro halteſt, so neige ihm dein Haupt und bekenne dich zur wahren allgemeinen Kirche des einzigen wahren Gottes. So gebe dann Antwort.

„Ich halte es mit dem hl. Petro und bleib dabei bis in den Tod beſtändig, wann es ſchon das Leben koſten ſollte."

Da recht; du haſt wohl geantwortet; nun höre weiter, was der hl. Johannes ſpielet:

> Er ſchuf die Himmel glänzend rund,
> Sonn', Mond und Stern' beineben;
> Die Erd' legt er zum Mittelgrund
> Mit Waſſer hoch umgeben.
> Vom Vater kam es alles her, —
> Merkt auf, ihr Menſchenkinder —
> Erd', Himmel und das große Meer
> Im Augenblick geſchwinder.

Da er alſo geſpielet, thaten ſich hervor etliche wenig Weltweiſen, meinten, es wäre nit alſo, ſondern gaben vor, als wenn Himmel und Erde nicht von Gott erſchaffen, ſondern alſo ungefähr zuſammengefloſſen wären, ſchüttelten derwegen ihre Köpfe und wollten nit mehr zuhören.

Was dünkt dich nun, mein Kind? Willſt du es mit dieſen Weltnarren oder mit dem hl. Johannes halten? Gib Antwort.

„Ich halte es mit dem hl. Johannes, dann er iſt der Adler, ſo gar hoch geflogen iſt und die Heimlichkeit der Werke Gottes von Gott ſelber gelernt hat."

Da recht; ſo höre weiter, was der heilige Jakobus ſpielet:

Ich glaub' zugleich an Jesum Christ';
Möcht' ich mein Herz zerbrechen,
Er g'wiß mir brin gemalet ist,
Mag wohl mit Wahrheit sprechen.
Vom Vater ist er wunderlich
Von Ewigkeit entsprossen,
Zu uns hernacher sanftiglich
Vom Himmel abgeflossen.

Da er aber also gespielet, hörte ich etliche verstockte Juden, die solches mit nichten zugeben wollten, daß Jesus ein Sohn Gottes wäre, liefen allsobald davon, verstopften ihre Ohren und schrieen, er hätte Gott geläftert.

Was dünket dich nun, mein Kind? Halteft du es mit den Juden oder mit dem hl. Apostel?

„Ich halte es mit dem Apostel."

Da recht; so höre weiter, was der hl. Andreas spielet:

Geboren aus Maria rein,
Von Gott dem Geist empfangen,
Ist worden uns ein Kindlein klein,
In Armen sich's ließ fangen.
Ich grüß' dich Kind zur stillen Nacht!
Ave Maria! Amen!
Also ward Gott zur Welt gebracht,
Und Jesus hieß mit Namen.

Da entstand abermals ein Gemurmel, denn die Welt= weisen hielten es für ein Gelächter, daß ein solches Wun= der geschehen sollte.

Was dünkt dich nun, mein Kind? Willst du es mit diesen Thoren oder mit dem Apostel halten?

„Ich halte es mit dem Apostel."

Da recht; so höre• weiter, was der hl. Philippus spielet:

Für uns er hat sich geben dar,
Verspottet und verhöhnet,

Sein Leib wurd' ihm zerriſſen gar,
Sein Haupt mit Dorn gekrönet.
Pilatus gab das Urtheil kund,
Die Juden wollten's haben,
Am Kreuz er ſtarbe ſehr verwundt,
Bald drauf wurd' er begraben.

Da hört man wiederum etliche Ketzer ſich widerſetzen, welche ſprachen, er hätte nur einen phantaſtiſchen Leib angenommen, in dem er gelitten hätte, nit aber wäre ein wahrhafter Leib für uns gekreuzigt.

Was bünkt dich nun, mein Kind? Iſt wahr, was dieſe Ketzer ſagen oder was der Apoſtel geſungen hat?

„Ich halte es mit dem Apoſtel."

Da recht; ſo höre weiter, was der hl. Thomas ſpielet:

Er fuhr zur Höllen tief hinab,
Zerbrach all' Eiſenpforten,
Dem Feind es großen Schrecken gab,
Er ſtrafet ſie mit Worten.
Der frommen Väter Kett' und Band',
So da gefangen lagen,
Zertrennet er mit ſtarker Hand,
Stund auf nach dreien Tagen.

Da erhub ſich abermals ein Gemurmel; denn es riefen etliche ſchwierige Gemüther, es wäre Chriſtus nit zur Hölle, ſondern nur allein in das Grab geſtiegen. Ja es riefen auch viele andere, er wäre nit auferſtanden, ſondern aus dem Grabe geſtohlen worden.

Was bünkt dich nun, mein Kind? Glaubſt du mit dem Apoſtel oder mit geſagten ſchwierigen Gemüthern?

„Ich halte es feſtiglich mit dem Apoſtel."

Da recht; ſo höre weiter, was der hl. Bartholomäus ſpielet:

Zum Himmel fuhr er schwind hinauf,
In Lüften hoch erhoben,
All' Geister liefen bald zu Hauf',
Ihn thäten's Wunder loben..
Er sitzt an's Vaters rechten Hand,
Sein Sohn, von Gott geboren,
Regiert von dannen alle Land,
Ein König auserkoren.

Da schrien wiederum die Heiden, es wäre eine Fabel; die Juden aber trieben ihr Gelächter draußen und spotteten des Apostels.

Was dünket dich nun, mein Kind? Was ist deine Meinung? Mit welchen willst du es halten?

„Ich halte es mit dem hl. Apostel."

Da recht; so höre weiter, was der hl. Matthäus spielet:

Er kommt gewiß an jenem Tag
Die Welt mit Recht zu richten,
Wird hören an all' Red' und Klag',
All' Händel wird er schlichten.
O Gott! wer mag alsdann besteh'n
Und retten sich mit Rechten,
Wann du willst zu Gerichte geh'n
Mit deinen armen Knechten?

Da fuhren abermal daher etliche Schwärmer und ver= blendete Weltkinder, welche ganz und gar in ihren Lastern und Wohllüsten ersoffen schienen. Diese lachten über diesen Gesang vom jüngsten Gericht, sprachen mit Gespött, es wäre noch lang dahin, solches Fabelwerk wäre für die Kinder.

Was dünket dich nun, mein Kind? Hältst du es mit diesen Schwärmern oder mit dem Apostel.

„Ich halte es mit dem Apostel; dann gewißlich viel zu . wahr ist, daß der strenge Richter an jenem Tage kommen wirb, zu richten die Lebendigen und die Todten. Alsdann werden sie es wahrhaftig erfahren, was sie jetzt verlachen."

Da recht; so höre weiter, was der hl. Jacobus Alphäi spielet:

>Ich glaub' zugleich an einen Geist
>Mit Vater und dem Sohne,
>Und ob man's drei Personen heißt,
>Ist nur ein Gott, ein' Krone.
>Sein' Kirch' hat er auf dieser Welt,
>Verseh'n mit Sakramenten,
>D'rin wohnen Völker ungezählt,
>Ohn' Ketzer und Verblendten.

Da gab es ein gar mächtiges Getümmel, denn es schrien überlaut alle Heiden und Juden, es wäre nur ein lautes Fabelwerk, was er von einem Gott und dreien Personen gesungen hätte. Es schrien auch nit weniger die Ketzer, sagten, sie gehörten freilich zu den Kirchen Gottes, da wollten sie mit nichten ausgeschlossen sein. Aber der Apostel ließ sich im Geringsten nit bewegen.

Was dünkt dich nun, mein Kind? Hältst du es festiglich mit dem Apostel?

„Ich halte es mit dem Apostel."

Da recht; so höre weiter, was der hl. Simon Zelotes spielet:

>Mit Gottes Heiligen wir all'
>Gemeinschaft sollen pflegen;
>Sie retten uns für Ungefall,
>Wir ehren sie dagegen.
>Mit uns sie billig loben Gott
>Und seine milde Güte.
>Er lasset nach all' Missethat,
>Dafür doch er uns hüte.

Da sprungen aber etliche hervor, denen es durchaus

nit gefiel, daß man mit den Heiligen zu viel Gemeinschaft halten sollte, weil sie ja todt wären, dachten aber wenig, daß Gott kein Gott der Todten sei, sondern ein Gott der Lebendigen. Es ließen sich auch viel des Kains Brüder merken, welche an der Vergebung der Sünde verzweifelten, liefen zum Palast hinaus und sprachen: ihre Sünden wären größer als die Erbarmniß Gottes.

Was dünket dich nun, mein Kind? Willst du es mit diesen halten oder mit dem Apostel?

„Ich halte es mit dem Apostel. Ich will die Gemeind= schaft mit den Heiligen nit fahren lassen. Ich will auch nit an Gottes Barmherzigkeit verzweifeln, ob ich schon alle Sünde der Welt gethan hätte."

Da recht; so höre weiter, was der hl. Judas Jacobi spielet:

> Das Waizenkörnlein nit verbirbt,
> Wenn's fällt im Acker nieder,
> Dann ob's schon in der Erde stirbt,
> Doch kommt es endlich wieder.
> Also wann unser Fleisch und Blut,
> Den Würmern übergeben,
> Schon gar im Grab' verfaulen thut,
> Doch soll es wieder leben.

Da sollte man aber Wunder gesehen haben, wie sich eine mächtige starke Rotte diesem Apostolischen Gesang zu= wider stellte und außer des Palastes sich verbunden, gänz= lich diese Lehre mit aller Macht zu bestreiten.

Was dünket dich nun, mein Kind? Zu welchen Sei= ten willst du dich halten? Zu den Ketzern und Ungläu= bigen, so die Auferstehung der Todten verwerfen oder zum hl. Apostel, der sie bekennet?

„Ich halte es mit dem Apostel."

Da recht; so höre weiter, was der hl. Mathias
spielet:

> Dann wird ein ewig's Leben sein,
> In Wollust oder Leiden;
> Der Bös' wird leben in der Pein,
> Der Fromm' in tausend Freuden.
> D'rum was gesagt nur wohl betracht',
> Ihr Menschen groß und kleine,
> Nehm't frei mit Macht die Schanz in Acht,
> Dann ich's getreulich meine.

Da dieses also der Apostel gespielet, fande man doch
nicht wenig gottlose Leute, so auch diesem Punkt sich wider=
setzten und alles nur für einen Traum hielten, was von
zukünftigem Leben er also treulich ermahnet und alle Sün=
der gewarnet hätte.

Was dünket dich nun, mein Kind? Zu welchen willst
du dich schlagen? zu diesen so gottlosen Menschen oder zu
dem hl. Apostel?

„Zu dem hl. Apostel, da bin ich bereit zu leben und
zu sterben, daß nach diesem Leben wahrhaftig noch ein
anderes ewiges Leben folge. O wohl, wohl den frommen
Gotteskindern! denn sie in ewiger Wohllust leben werden.
O weh, den armen Sündern! denn sie in ewiger Qual
ewig leben werden. Warum denken wir dieses so gar selten?
Warum fangen wir noch diese Stunde nicht ein anderes
frommes Leben an und sagen einmal gänzlich ab allen Sün=
den? Es muß doch endlich sein, es muß gewagt sein.
Die Zeit ist wahrlich, daß man sich mit aller Macht bekehre.
Ei ja, soll es sein und muß es sein, so laß es sein, laß
diese Stund' noch sein, laß jetzund sein, in Gottes Namen,
Amen, Amen!"

Neben dem „güldenen Tugendbuche" fertigte Spee in
Köln eine neue Abschrift der Trutznachtigall an, die er

gleichfalls seinem Freunde Friessem zum Geschenke machte. Er war immerfort thätig und bei seiner Professur und bei diesen literarischen Beschäftigungen widmete er noch einen großen Theil seiner Zeit der Seelsorge. Der Beichtstuhl, statt eine Last zu sein, war ihm mehr eine angenehme Erholung. Und er bediente sich oftmals recht origineller Mittel, um auf die Herzen einzuwirken. Nach einer mündlichen Ueberlieferung lebte damals in Köln eine vornehme Dame, die durch ihren leichten Lebenswandel allgemeines Aergerniß gab. In jeder Nacht wurden ihr Ständchen dargebracht, und sie nahm dieselben mit dem größten Selbstgefallen und oft mit Verletzung allen Zartgefühles entgegen. Spee erfuhr dieses und er hätte gerne diese Gelegenheit zur Sünde verhindert. Endlich fiel ihm ein Mittel ein. Da er selbst auch Musiker war und die Composition zu manchen seiner Gedichte lieferte, die noch heute nach diesen Melodien vom Volke gesungen werden: so übte er mit einem ausgewählten Chore eine Anzahl dieser Lieder ein. An einem schönen Abende schickte er alsdann seine Sänger mit zahlreicher Musikbegleitung zu dem Hause jener Dame. Das Ständchen begann. Aber wie staunte die Herrin, als sie statt mit leichtfertigen Liedern, mit den Tönen heiliger Buße und glühender Gottesliebe begrüßt wurde! Vielleicht, daß jene schöne Ermahnung zur reumüthigen Einkehr in das sündige Herz an diesem Abend erklang:

„Thu' auf, thu' auf, mir's glaub' fürwahr,
Gott läßt mit sich nicht scherzen,
Dein' arme Seel' steht in Gefahr,
Und wird dich's ewig schmerzen.
Kehr' wieder, o verlorner Sohn!
Reiß ab der Sünde Banden,
Ich schwör' dir bei dem Gottesthron,
Die Gnad' ist noch fürhanden.

„Geschwind, geschwind, all' Uhr und Stund'
Der Tod auf uns kommt eilen,
Ist ungewiß, wen er verwund't
Mit seinen bleichen Pfeilen.
Wen er nicht find't in Gnadenzeit,
Wär' nützer nicht geboren,
Wer unbedacht von hinnen scheid't,
Ist ewiglich verloren.

„O Ewigkeit, o Ewigkeit,
Wer wird dich je ermessen?
Sind deiner doch schon allbereit
Die Menschenkind' vergessen.
O Gott vom höchsten Himmel gut,
Wann wird es besser werden?
Die Welt noch immer scherzen thut,
Kein Sinn ist mehr auf Erden" [1].

Spee's Lieder drangen mit der Gnade Gottes zum Her=
zen der Jungfrau, daß sie in sich ging, eine Generalbeichte
ablegte und von nun an der ganzen Stadt als ein Bei=
spiel der Tugend und Sitte vorleuchtete [2].

VIII.

Seliger Tod.

Unter den aufopfernden Werken christlicher Nächsten=
liebe neigte sich das Jahr 1633 zu Ende. Spee hatte
Köln verlassen und befand sich wiederum in Trier.
Hier hatte er den Weg des Kreuzes im Ordensstand
betreten, hier sollte er auch das Ziel aller Mühen und
Leiden erringen und durch eine letzte heldenmüthige That

---

[1] Trutznachtigall. S. 75.
[2] Guse: „Aus dem Munde dreier Jesuiten in Emmerich." Web=
bigens Westf. Magazin vom Jahre 1787.

gekrönt und für ewige Zeiten verherrlicht werden. In aller Muße vollendete er nach einer abermaligen Feile 1634 eine zweite Abschrift der Trutznachtigall, die in vielen Punkten von dem Kölner Manuscripte abwich. Das Exemplar ist sehr sauber ausgeführt und sogar mit einfachen Verzierungen ausgestattet. Ob der Kriegslärm den Dichter nicht in diesen Friedensarbeiten störte? Kein Wort in seinen Liedern läßt uns die Stürme ahnen, welche damals in dem deutschen Vaterlande tobten. Und doch war dieses keine Gleichgiltigkeit, denn er empfand im tiefsten Herzensgrunde all' den Jammer und all' die Noth. „Wenn ich die Welt betrachte," sagt er, „sehe ich, daß alles voll ist der Hoffart des Lebens und des Ehrgeizes, woher denn entstehet Uneinigkeit, Zank und Haber, Krieg, Mord und Todtschlag, ja alle Schand und Laster. Denn wer kann alles sagen, was für ein gottloses Wesen durch Haß und Neid, Krieg und Uneinigkeit erwächst? Da ist kein einziger Gedanke an die Hölle; man lebt dahin, als wäre gar kein Gott im Himmel. O, wenn ich auf einen Tag allen Krieg aufheben und den christlichen Frieden durch die ganze Welt ausbreiten könnte, wie wäre mir das eine erwünschte große Freude. O, wie wollte ich in Gott meinem Heilande frohlocken, wenn doch alle Menschen in einem beständigen Frieden einhellig leben und Gott den Herrn Tag und Nacht ohne Furcht der Feinde loben, Ihm dienen, Ihn verehren und also endlich alle miteinander selig werden möchten! Ich würde vor Freuden mich nicht lassen können. Ach Gott, mein Gott" [1]. So dachte Spee über den Zwist, der sein Vaterland zerfleischte, und so tief empfand er dieses Elend. Nur in seinen Liedern wollte er den per-

---

[1] Güldenes Tugendbuch. Band II. S. 98.

sönlichen Schmerz nicht offenbaren, weil er sich für sie ein anderes Ziel gesteckt hatte — das Lob und den Preis der göttlichen Liebe.

Bis zum letzten Augenblicke seines Lebens sollte Spee keine ruhige Stunde haben. Der Kurfürst Philipp Christoph von Soteren hatte im August des Jahres 1633 die Stadt Trier, sein ganzes Land nebst sämmtlichen Festungen den Franzosen überliefert. An die Jesuiten, als gut kai-serlich Gesinnte, erging die Landesverweisung; doch wurden die Befehle wieder zurückgenommen, und statt dessen ihre Schulen geschlossen und das Collegium in Trier gebrandschatzt. Uebrigens war Philipp Christoph mit der zeitweiligen Uebergabe deutscher Landestheile noch nicht zufrieden; er wollte deren Besitz für immer der französischen Krone sichern. Deßhalb ernannte er den Cardinal Richelieu zum Coadjutor und zu seinem Nach-folger auf dem kurfürstlichen Stuhle. Nun war das Maß der Treulosigkeit übervoll, und die Stunde der Züch-tigung nahte heran. Die kaiserlichen Armeen hatten mittler-weile Glück gehabt; der reichsverrätherische Heilbronner Bund wurde bei Nördlingen (6. September 1634) gesprengt, und der Cardinal-Infant Don Fernando hatte sich an den Rhein und in die Niederlande geworfen, um auch die Franzosen vom deutschen Boden zu vertreiben. Der Graf Rittberg, Bruder des Grafen von Ostfriesland, verjagte die den Franzosen verbündeten Holländer aus der Schenkenschanze und zog über Luxemburg gegen die Mosellande heran. Zu-erst eroberte ein spanischer Parteigänger das Schloß Sierk und hemmte dadurch die Verbindung zwischen Nanzig, Trier, Coblenz und Ehrenbreitstein. Schrecken und Angst ergriff den Kurfürsten Christoph, der sofort die Stadt Trier in Belagerungszustand erklärte. Alle Fremden und

Armen wurden ausgewiesen; die Kirche des hl. Simeon, welche theilweise aus den Ueberresten der Porta nigra im Jahre 1034 erbaut worden war und somit an der Stadt= mauer lag, wurde zu einem Vorwerke umgewandelt. Die Canoniker sollten das Collegium der Jesuiten beziehen, diese aber, unter ihnen auch Friedrich von Spee, am 27. März 1635 die Stadt verlassen. Als der Rector P. Panhauß diese Trauernachricht erfuhr, ordnete er ein vierzigstündiges Gebet an zur Abwendung der Gefahr. Indessen nahte be= reits die Hülfe heran.

Es war in der Nacht vom 25. auf den 26. März; alle Mitglieder des Collegiums lagen auf den Knieen vor dem Allerheiligsten, als plötzlich Kriegsruf durch die Stadt erschallte. Der Graf von Rittberg hatte sich mit 1200 Mann auserlesener Truppen heimlich der Stadt genähert, ein Theil der Mannschaft drang durch ein Bürgerhaus in's Innere ein und öffnete ihren Kameraden die Thore. Dieß geschah gegen vier Uhr Morgens. Auf den Straßen ent= spann sich ein furchtbarer Kampf. Als allmählich die Däm= merung wich, gewahrte man mitten unter den Streitenden einen Priester im schwarzen Ordenskleide. P. Spee hatte bei dem ersten Schlachtrufe die Kapelle verlassen und sich unter die Streitenden gemischt, um geistliche und leibliche Hülfe zu spenden. Das Kleid schützte ihn; kein Landsknecht wagte dem frommen Priester ein Leid zuzufügen, der auf seinen eigenen Schultern die Verwundeten aus dem Kampf= gewühle trug. An einem abgelegenen Ort wusch Spee mit Wein die Wunden aus und legte den Verband an; dann eilte er von neuem auf den Schauplatz des Jammers. Hier hörte er die letzte Beichte eines Sterbenden und be= feuchtete ihm zur körperlichen Linderung die lechzenden Lippen, dort hielt er einen Soldaten von Mißhandlungen ab, überall thätig, überall ein Engel des Trostes. Gegen acht Uhr endigte der Kampf; fünfhundert Franzosen waren getödtet, fünfhundert andere, der französische Feldoberst und der Kurfürst selbst wurden gefangen genommen. Doch auch jetzt, da das Getöse der Waffen schwieg, ruhte der Eifer des Ordensmannes nicht. Er eilte zu dem Grafen Ritt= berg, verwandte sich für die Gefangenen und erwirkte ihre Freiheit. Aber sie durften nicht entblößt in die Heimath zurückgesandt werden, und so ging Spee von Haus zu Haus und bettelte um Kleider und Almosen. Reichlich mit allem versehen und ihren Retter preisend, verließen die Befreiten nach einem Monate die Stadt und kehrten zu Schiffe in ihr Vaterland zurück. Spee sah sie scheiden und freute sich über ihr Glück, noch mehr aber darüber, daß er jetzt seine ganze Sorge ungetheilt den Hospitälern weihen konnte.

Ein pestartiges Fieber war ausgebrochen, übervölkerte die Lazarethe und raffte viele Menschenleben hinweg. Alle Zeit, die ihm der Gehorsam gestattete, verweilte Spee bei den armen Kranken, trug ihnen Speise, ja selbst das Wasser aus dem Stadtbrunnen zu. Vor allem aber tröstete er die armen Kranken in ihren inneren Leiden, führte manches Sünderherz zu Gott zurück und sandte eine große Zahl reuiger und mit Gott ausgesöhnter Seelen als Siegesbeute vor sich hinauf in das himmlische Heimathland. Doch länger hielt er die fortgesetzten Anstrengungen nicht aus, das Fieber warf auch ihn auf das Krankenlager. Endlich sollte sich sein Herzenswunsch, den er in dem gülbenen Tugendbuche so oft und in so glühenden Worten ausge= sprochen hat, erfüllen. Die Erde war ihm längst zur Last, aus Sehnsucht nach dem Himmel. Voll Begeisterung ruft er aus:

„Die Thränen mich ernähren,
Sind meine Speis' und Trank,
Von Zähren muß ich zehren,
Weil ich von Liebe krank!
Ach! wann doch wird erscheinen
Der schön' und weiße Tag,
Daß ich nach stetem Weinen
Einmal ausruhen mag!"[1]

Und an einer anderen Stelle: „O mein allerliebster, mein allerschönster Bräutigam, wann werd' ich Dich in Deiner Glorie sehen und vor Freude mich nicht halten können? Wann werde ich endlich eingehen in die herrlichen Paläste Deines Vaters, allda so liebliche Stimmen und Frohlocken erschallet in den Tabernakeln der Gerechten? Wann wirst Du mich ersättigen mit Deiner Zierde und Schöne? Wann wirst Du mich versenken und tränken in der Tiefe Deiner Liebe und Wonne? O mein Bräutigam, o mein Gott, o Du Jubel meines Herzens und meine Liebe, o Du Inbrunst meines Gemüthes, o Du Flamme meiner Sehnsucht, o Du süßer Brand meiner Seele — wann, wann, o wann doch werde ich vor Deinem Angesichte erscheinen?" Es ist, als hörten wir die Worte eines Seraphs, den der Durst nach der Anschauung Gottes verzehrt — aber es sind dieses nur die Sehnsuchtsrufe einer heiligen Seele, die viel gelitten und viel erduldet und sich aus Liebe aufgeopfert hat für das Heil der Menschen. Der Lohn folgte der Arbeit und die Erhörung diesem heißen Liebessehnen. Zum letzten Male in diesem Leben empfing Spee seinen Erlöser unter den Brodsgestalten, um ihn bald darauf von Angesicht zu Angesicht zu schauen. Umgeben von seinen Mitbrüdern, welche die heiligen Sterbegebete verrichteten, entschlief er am

---

[1] Trutznachtigall. S. 28.

7. August 1635, an einem Dienstage, „hoffnungsvoll und glücklich."

So verharrte Spee bis zu seinem Tode als Martyrer der Liebe; darum ward auch eine unvergängliche Krone sein Antheil.

In der unterirdischen Gruft der ehemaligen Jesuiten-kirche in Trier ist sein Grab; es trägt die kurze, bemüthige Inschrift: „Hier liegt Friedrich Spee."

In kurzen Zügen haben wir das Bild dieses ehrwür-digen Priesters zu entwerfen versucht.

Inmitten einer morschen Zeit steht er da als ein cha-rakterfester Mann voll deutscher Biederkeit und geraden Sinnes; mit freiem, unbewölktem Blick durchschaut er den Irrwahn eines finsteren und abergläubischen Jahrhunderts und schmiedet ihm, den rohen Gewalten zum Trotz, eherne Ketten; classisch gebildet und doch voll Liebe zur eigenen Muttersprache, ist er ein Dichter im wahrsten Sinne, dessen Schöpfungen durchleuchtet sind von dem Strahle des Genius; durch Wort und That bis zur Aufopferung im Tode be-währt er sich als einen seeleneifrigen Priester und gott-liebenden Ordensmann, und endlich bei all' diesen schönen Eigenschaften zeigt er überall ein einfaches, inniges Kinder-gemüth.

Liebe war der Kernpunkt seines Lebens, der drängende Beweggrund seiner Handlungen, die Ursache und zugleich die Krone seines Todes.

Alle Parteien nennen ihn mit Achtung; selbst bei frem-den Nationen hat sein Name guten Klang; das deutsche Vaterland ist stolz auf ihn, und sein Orden darf es sich zur Ehre anrechnen, ein solches Mitglied erzogen und ge-bildet zu haben.

Beilage.

Proben aus einer alten und ungedruckten lateinischen Bearbeitung der Trutznachtigall.

Professor Dr. Ahlemeyer, Director des Gymnasiums zu Paderborn, veröffentlichte 1857/58 in einem Programme die beiliegenden Gedichte nach einer Originalschrift, die sich in seinem Besitze befand. Das Manuscript enthält die metrische Uebersetzung nicht nur der Trutznachtigall, sondern auch sämmtlicher Lieder des gülbenen Tugendbuches. Nach der Widmungsode, welche in glänzenden Worten das Lob des seligen P. Spee erhebt, war der Verfasser dieser lateinischen Bearbeitung ein jüngerer Mitbruder unseres Dichters. Er nennt den Seligen seinen „Lehrmeister" und sagt, daß er dem Sterbenden beigestanden und nicht von seiner Seite gewichen sei. Vielleicht werden diese lateinischen Oden keine unwillkommene Beigabe für manchen Leser sein; wenigstens legt die gewiß mühevolle Arbeit der Uebersetzung ein schönes Zeugniß ab für die große Hochachtung und Liebe, die P. Spee bei allen, die ihn kannten, genoß. Andererseits wird man dem Uebersetzer eine große Meisterschaft in der Behandlung der lateinischen Sprache und Metrik nicht absprechen können, wenn gleich die Treuherzig=

keit der Gedichte Spee's in dem fremden Gewande vieles eingebüßt hat; sie schreiten in einem eigenthümlichen Pompe einher.

Wohin das Manuscript dieser lateinischen Bearbeitung nach dem Tode des Dr. Ahlemeyer gekommen ist, wissen wir nicht anzugeben.

I.

Erkenntniß und Liebe des Schöpfers aus den Geschöpfen.

(Abgekürzt.)

1. Das Meisterstück mit Sorgen
Wer nur will schauen an,
Ihm freilich nicht verborgen
Der Meister bleiben kann:

Drum wer nur heut und morgen
Erd, Himmel, schauet frei,
Denk Nachts mit gleicher Sorgen,
Wie je der Meister sei.

O Mensch, ermeſſ' im Herzen dein,
Wie wunder muß der Schöpfer sein!

2. Von Oben wird uns geben
Das Licht und gülden Schein,
In stetem Lauf und Leben
Sonn', Mond und Himmel sein.

Des Tags bis auf den Abend
Die Sonn' gar freundlich lacht,
Zu Nacht der Mond Gott lobend
Führt auf die Sternenwacht.

O Mensch, ermeſſ im Herzen dein,
Wie wunder muß der Schöpfer sein!

3. In etlich tausend Jahren
Viel tausend Sterne klar,
Kein Härlein sich verfahren,
Gehn richtig immerdar.

I.

Erkenntniß und Liebe des Schöpfers aus den Geschöpfen.

(Abgekürzt.)

Qui prominentem dacdalei fabri
Cernente lustrat lumine machinam,
Miratur artem, mox anhelat,
Artificis celebrare laudem:

5. Sic quisquis orbem stelliferi poli
Vastaeque terrae climata conspicit,
Mox fabricam fabrumque laudat
Remque stupens penetrare tentat.

Quam mira virtus, quanta potentia
10. Sit conditoris, cernis, Adamida;
Illud sub imo corde volve
Artificique fer ore laudem!

Lumen coruscans et iubar auream
Orbe e supremo nos super emicant,
15. Sol, luna, coelum commoventur
Perpetuo stabilique cursu.

A luce prima, dum micet Hesperus,
Phoebus serenat terrigenum plagam,
Phoebeque noctu theiodoxa
20. Corradiantia ducit astra.

Quam mira virtus, quanta potentia
Sit conditoris, discis, Adamida,
Illud sub imo corde volve
Artificique fer ore laudem!

25. Multa igneorum millia siderum
Plus mille lustris flammea cursitant
Nec deviant unum vel unquem
Semper eunt simul examussim.

Wer deutet ihn'n die Straßen,
Wer zeiget ihn'n die Weg',
Daß nie sie unterlassen,
Zu finden ihre Steg'?

O Mensch, ermeß' im Herzen dein,
Wie wunder muß der Schöpfer sein!

4. In lauter grüne Seiden,
Gar zierlich ausgebreit't,
Das Erdreich sich thut kleiden
Zur werthen Sommerzeit.

Die Pflänzlein in den Feldern
Sich lieblich mutzen auf,
Die grünen Zweig' in Wäldern
Auch schlagen aus mit Hauf.

O Mensch, ermeß' im Herzen dein,
Wie wunder muß der Schöpfer sein!

5. In Gärten merk' ich eben
Die schönen Blümelein,
Wie freudig sie da schweben,
Wann Wind nur spielt hinein.

O fröhlich' Gartenjugend,
O frisch' und zartes Blut!
Ohn' Zahl hast Farb' und Tugend,
Wer's denkt in stillem Muth.

O Mensch, ermeß' im Herzen dein,
Wie wunder muß der Schöpfer sein!

Quis monstrat illis ordine semitas?
30. Ecquis viarum dux variantium,
   Quin terminentur, terminumque
   Perpetuo properent ad unum?

   Quam mira virtus, quanta potentia
   Sint architecto, noscis, Adamida;
35. Illud sub ima mente volvas,
   Ore Deum artificem celebres!

   Aestate laeta se viridantibus
   Exornat herbis terra superbiens
   Seseque formosis coronat
40. Floribus aëre circumacta:

   Et foeta pandit gramineos sinus
   Frugesque profert ubere germine,
   Quin arbores fert educatque,
   Fructibus uberibus decoras.

45. Quam mira virtus, quanta benignitas
   Sit conditoris, colligis hinc, homo:
   Sub corde volvas istud imo,
   Ore Deum celebrans monarcham!

   Latos quid hortos versibus eloquar?
50. Flores aprici mille ferunt modis
   Grados odores gaudiumque,
   Dum Zephyrus peramoenus afflat.

   O dulcis horti dulcia germina,
   O flosculorum blanda volumina,
55. O purpurissos et colores,
   Multiplici vice discrepantes!

   Virtute quanta, qua sapientia
   Sit fabricator praeditus, en, homo;
   Istud sub imis volve sensis,
60. Laudibus evehe conditorem!

6. Die Brünnlein sich ergießen,
Und ihre Wässer klar
Wie Silberstrahlen schießen
Vom Felsen offenbar:

Die Sonn' es bald erblicket,
Drin kühlet ihren Schein;
Die Thier' es auch erquicket,
Wann s' heiß und durstig sein.

O Mensch, ermeff' im Herzen dein,
Wie wunder muß der Schöpfer sein!

7. Die Flüss' und breite Wässer
In still= und sanftem Trab
Schiff', Nachen, Pack und Fässer
La'n führen auf und ab.

So pur und rein sie laufen,
Muß recklich sagen das,
Wer's will gar zierlich taufen,
Der nennt's geschmolzen Glas.

O Mensch, ermeff' im Herzen dein,
Wie wunder muß der Schöpfer sein!

8. Das wilde Meer nun brauset
Und wüthet ungestüm,
Nun still es wieder hauset,
Liegt fest in runder Krümm':

Gar lieblich thut's bestrahlen
Die Sonn' mit sanfter Gluth,
Wann sie zu öfter Malen
Sich drin erspieglen thut.

Eccur amoenos fonticulos loquar,
Eccur eorum dulcifluas aquas?
Argenteae tanquam lacunae
Rupibus exsiliunt ab altis:

65. Quos sol coruscans luce sua fovet,
In queis calores mitigat aridos;
Queis bruta restinguuntur ipsa,
Dum sitis urit anhela fauces.

Quam sit refulgens, quam bona, provida
70. Et larga virtus artifici, vides;
Id quod frequenter pensitato,
Tollito laudibus architectum!

Latis fluentis, fluminibus vagis,
Est alta fluxis quando quies aquis,
75. Naves onustas rebus amplis
Devehimus vehimusque sursum.

Cursu irretorto vel placidissimo
(Ardenter illud dixero) defluunt,
Vel verius sic nominabis:
80. Vitrea sunt, liquefacta vitra.

Id quod revolvas sensibus intimis
Et conditorem laudibus evehas
Gratesque persolvas, quod illa
Dona tuae dederit saluti!

85. Nunc stridet undis horrisonum mare,
Nunc inquietis fluctibus aestuat,
Mox conquiescens conticescit,
Circuitu fluitat rotundo:

Illustrat aequor sol radiis suis
90. Et placat illud, dum faciem suam
In se reflectit per profundum,
Unde parelion est vocatum.

O Menſch, ermeſſ' im Herzen dein,
Wie wunder muß der Schöpfer ſein!

9. Wer will die Bäume zählen
Im jen= und jenem Wald?
Sind deren doch ohn' Fehlen
So tauſend, tauſendfalt;

Gar hoch die Gipfel klimmen
In klare Luft hinauf
Und gleich den Wolken ſchwimmen,
Wan ſtößt ein Windlein drauf.

10. Wann dann ſchallt auf den Zweigen
Geſang der Vögelein,
Noch Laut', noch Harf' noch Geigen
Klingt alſo ſüß und rein.

Ihr lieblich Muſiciren
Mich dünkt ſo ſauber gut,
Ihr künſtlich Coloriren
Bringt lauter Freudenmuth.

11. Von Thieren muß ich ſchweigen
Und laſſen ſ' ungezählt;
Ins Meer will auch nicht ſteigen,
Daß ich von Fiſchen meld'.

Von Menſch und Menſchenkinden
Will gar nicht regen an;
Kein End' ich da könnt finden,
Will's in der Still' umgah'n.

12. O Schönheit der Naturen,
O Wunderlieblichkeit!
O Zahl der Kreaturen,
Wie ſtreckeſt dich ſo weit.

Jam disce, quanto robore polleat,
Quam sit tremendus conditor omnium
95. Et rex aquarum fluminumque
Et marium dominator altus!

Quis voce cunctas computet arbores,
Cunctis per orbem saltibus insitas?
Quas millies plus mille si vox
100. Commemoret, nihil hinc aberrat!

Excelsa quarum saepe cacumina
Sic porriguntur per tenuem aëra,
Nubes ut ipsas censeantur
Tangere, dum borrea moventur.

105. Quid? dum comatis frondibus arborum
Cantus volucrum personat alitum,
Non tibiae, chordae chelysve
Tam placide modulantur unquam.

Auditur illic laeta melodia
110. Et musicarum cantus amabilis,
Sedans dolores atque curas,
Laetitia beat audientes.

Stirps belluarum est innumerabilis,
Hinc nulla narret vox animalia;
115. Intrans profundum ne sit ausa
Squamigeros numerare pisces:

Et conticescet terrigenum genus,
Quod tot per annos innumerabile,
Hic terminum inventura nullum
120. Abstineat sileatque lingua.

O canditarum ter nitidissima
Natura rerum, Mater et artifex!
O pulchritudo, o latitudo,
Res decorans metiensque factas!
8 *

Wer wollt' dann je nicht merken
Des Schöpfers Herrlichkeit
In allen seinen Werken,
Ganz voller Zierlichkeit!

O Mensch ermeff' im Herzen dein,
Wie wunder muß der Schöpfer sein!

II.

St. Franziscus Xaverius.

1. Als nach Japon, weit entlegen,
Dachte dieser Gottesmann;
Alle waren ihm entgegen,
Fielen ihn mit Worten an.
Wind und Wetter, Meer und Wellen
Malten s' ihm für Augen dar,
Red'ten viel von Ungefällen,
Von Gewitter und Gefahr.

2. „Schweiget, schweiget von Gewitter,
Ach, von Winden schweiget still!
Nie noch wahrer Held noch Ritter
Achtet' solcher Kinderspiel'.
Lasset Wind und Wetter blasen,
Flamm' der Lieb' vom Blasen wächst;
Lasset Meer und Wellen rasen,
Wellen gehn zum Himmel nächst.

3. Ei doch, lasset ab von Scherzen,
Schrecket mich mit keiner Noth;
Noch Soldat, noch Martisherzen
Fürchten immer Kraut und Loth!

125. Quis conditoris ter venerabilem
     Hanc dignitatem cernere negligat?
     Quam culta, perfecta et venusta
     Sunt opera omnia conditoris!

     Quam mira virtus, quanta potentia
130. Sit conditoris, cernis, Adamida;
     Illud sub imo corde volve
     Artificique fer ore laudem!

~~~~~~~~

II.

St. Franziscus Xaverius.

1. Dum diva virtus hinc virum,
     Virtute promicantem,
     Ad ultimos Iaponas
     Xaverium trahebat:
     Ogganiebant plurimi
     Haec verba proferentes:

2. „Hic mille casus ingruunt
     Et mille sunt pericla
     Per aequor undis turbidum
     Ventosque saevientes,
     Per patriam tam barbaram,
     Tam perviam rapinis."

3. Tunc ille: „„Ventos et mare
     Non horeo profundum;
     Fures, latrones nil moror
     Et curo nil rapinas;
     Illustris haec crepundia
     Existimabit heros.

Spieß' und Pfeil' und bloße Degen,
Rohr, Pistol und Büchsenspeis'
Macht Soldaten mehr verwegen,
Und sie lockt zum Ehrenpreis.

4. „Lasset nur ihr' Hörner wetzen
Wind und Wetter ungestüm:
Laßt die brummend Wellen schwätzen
Und die Trummen schlagen um;
Nord und Süden, Ost und Westen
Kämpfen laßt auf salzem Feld;
Nie wird's dem an Ruh gebresten,
Wer nur Fried' im Herzen hält.

5. „Wer will über's Meer nicht wogen,
Ueber tausend Wässer wild',
Dem es mit dem Pfeil und Bogen
Nach viel tausend Seelen gilt?
Wem will grausen vor den Winden,
Fürchten ihre Flügel naß',
Der nur Seelen denkt zu finden,
Seelen, schön ohn' alle Maß?

7. „Eja, stark' und freche Wellen,
Eja, stark' und stolze Wind',
Ihr mich nimmer sollet fällen;
Euch zu steh'n, ich bin gesinnt!
Seelen, Seelen muß ich haben,
Sattelt euch nur, hölzen' Roß',
Ihr müßt über Wellen traben,
Nur vom Ufer brücket los!"

4. „„Flet dirus auster et furat,
   In me ciebit ignem;
   Et intumescant aequora,
   Ad astra sic propinquo;
   Et incolae sint barbari,
   Tollam inde barbarismon.

5. „„Imanitate saeviant,
   Emitigabo saevos.
   Ditem trifures exuant,
   Nil pauperi nocebunt;
   Corpus latrones enecent,
   Mentem bonam relinquent!

6. „„Haec ergo parva ludicra
   Relinquitote parvis
   Et nil furturis vos mihi
   Proferte de periclis;
   Haud miles ullus martius
   Telum timet vel arma!

7. „„Hastis, sagittis, ensibus
   Sclopisque vel ballistis
   Martisque miles pulvere
   Audacior fit audax!
   Nullas procellas nec mare
   Curare debet ille,

8. „„Qui cariores gemulas
   Et proximi salutem
   Indagat ardentisime
   Ubique quaeritando.
   O eia, vos cingamini,
   Vos, lignei caballi,
   Et me per aequor ducite,
   Exite, navigate!““

Inhalt.

		Seite
I.	Spee's Jugendzeit	9
II.	Sein Eintritt in die Gesellschaft Jesu; Wirken in Paderborn	17
III.	Die Herenprozesse. — Spee in Würzburg	22
IV.	Der Vorkämpfer gegen gesetzliche Gewaltthat	42
V.	Spee als Martyrer der Liebe	56
VI.	Die Trutznachtigall	64
VII.	Das gülbene Tugendbuch	84
VIII.	Seliger Tod	99
Beilage:	Zwei Gebichte Spee's mit lateinischer Uebersetzung	106